KB268581

시작⁰¹³⁹시인선

휴

시작시인선 0139
휴

1판 1쇄 펴낸날_2012년 5월 31일
지은이_이영식
펴낸이_채상우
디자인_꼬마철학자
펴낸곳_(주)천년의시작
등록번호_제301-2012-033호
등록일자_2006년 1월 10일
주소_100-380 서울시 중구 동호로27길 30, 510호(북정동, 대학문화원)
전화_02-723-8668
팩스_02-723-8630
홈페이지_www.poempoem.com
이메일_poemsijak@hanmail.net

ⓒ이영식, 2012, printed in Seoul, Korea

ISBN 978-89-6021-170-4 04810
    978-89-6021-069-1 04810(세트)

*이 책 내용의 전부 또는 일부를 재사용하려면 반드시 저작권자와 (주)천년의시작 양측
  의 동의를 받아야 합니다.

휴

이 영 식 시 집

천년의 시작

시인의 말

아직, 추락할 꿈이 남아 있어 시의 날개를 펴다.

차   례

시인의 말

제1부

일러두기

한 연이 첫 번째 행에서 시작될 때에는 >로 표시합니다.

제1부

슬픈 뿌리

선잠 깨어 김수영을 펼쳐 읽는 새벽녘
헐렁한 사각팬티 아래로 배주룩이 얼굴 내밀어 시의 행간
따라오고 있는 그, 뉘시던고?

거대한 뿌리[●]는커녕
천둥벌거숭이로 불끈거리던 날들 지나고
파락호 삿갓 눌러쓴 채 볼품없이 주름 물결치는
송이버섯 한 송이

길섶에 내놔 봐야 아무도 주워 갈 것 같지 않은 한물간 물
건, 멀뚱히 내려다보다가 혼자 눅눅해지는 등 굽은 소나무여

그대, 또한 어느 별에서 오셨는고?

●김수영의 시집명.

어느 궁벽한 날의 사냥

구더기(Ver)는 시를 짓지 않는다

시를 모르지만, 똥물에서 오글거리거나 썩은 시체에서 기어 나오는 구더기들 속에는 시(Vers)가 있다

주름 접었다 펴는 게 기표의 전부인 듯 머리 치켜세우고 엉덩이 실룩실룩 꼬리로 밀어 가며 써 가는 문자,

구더기에게 미궁이란 없다

지상의 가상 낮고 궁벽한 곳에서 고물고물 발원한 문장이 오체투지로 이어진다

서로 뒤엉겨 밀고 밀리며 똥구덩이 벽을 기어오르다가 빙글 옆으로 구르는 놈은 오자 같고 뚝 떨어지는 놈은 탈자 같다

모든 부패의 고리에 탯줄을 댄 페이소스, 고래로 구더기의 문법이고 지극함이다

>

식탁 위에 앉은 파리대왕, 음— 구더기들의 우상이시다

밥 한 알갱이 빌어먹겠다고 덤벼드는 목숨에게 신문지 접
어 일격을 가하는 나는 파리를 잡는 것인가 시를 잡는 것인가

딱! 적중이다

좀 더 야만스럽게 쓰지 못한 구더기들의 생애가 방점 하나
로 요약된다

●불어로 'Ver'는 구더기, 'Vers'는 시.

쓸개꽃이 피었습니다

……비몽 간, 어느 전설 먼 골짜기에서 보쌈 당해 왔을까
새벽 지하철 의자에 부려진 한 무리 반달곰 부족들 밤새 어
느 꿈 밖의 달을 구부리다 왔는지 눈꺼풀이 개개 풀렸다 제
몸피의 냄새 발라 주름 먹인 가방 애면글면 가슴에 품어 그
러안고 서로 어깨를 비비다가 몇몇은 눈물 쏙 빠지도록 긴 하
품탄 돌려 댄다 동면에 들어 아무도 쳐다보지 않았건만 천기
누설이라도 한 양 목젖 드러난 입 가려 숨기는 저 무지렁이 곰
발바닥들 착하고 순한 동물의 시간이 새벽 전동차 바퀴 쇳소
리에 쓸린다 아시는지, 쓸개 다 빼 주고도 사지 못할 이 낯선
비린내를 마른 빵에 핀 곰팡이 꽃처럼 누군가 아삭 물어뜯어
주기 기다리고 있는 사육된 시간을—

차창 밖 동녘
쓸개꽃이 폐허처럼 피었습니다
희망이라는 이름으로 둥실 떠오를 태양 기다리고 있습니다

낙타사파리

낙타의 몸속에는 지도가 숨어 있다
어미젖 떼고 마신 첫 물 냄새로 시작하여
사막 곳곳 샘터의 기억을 새겨 넣는다
육봉(肉峰)
깊숙이 내장된 물의 지도,
낙타의 전생(全生) 출렁이며 발굽을 끌고
모래 바다 위 좌표를 찍는다

낙타는 발자국을 지우지 않는다
풀 한 포기 없는 타클라마칸 황사 계곡
목숨처럼 찾아 마신 물의 유전자가
골수에 스며들 때쯤
쌍봉낙타 고개 들어 입 거품을 뿜어 날린다
사막의 정령은 그제야 생각난 듯 바람 놓아
발자국을 쓸어 덮는다

낙타는 알라에게 목을 꺾지 않는다
무릎 높고 보폭 좁은 걸음 도도하기 짝이 없다
인간이 세워 놓은 아흔아홉 신궁(神宮) 너머
카멜의 누각, 그 높은

정신을 향해 긴 눈썹이 열린다
깃털 같은 마지막 짐 하나에 거꾸러지면서도
그들의 별자리에 신성(神聖)을 모셔 놓았다

낙타사파리를 떠나자
일상의 갈고리에 걸려 비루먹던 나날들
뚝, 떼어 던지고 사막으로 가자
낙타가 길 없는 길을 어떻게 제 몸피 속에 그려 넣는지
그리움 깊으면 십 리 밖 물 냄새도 맡을 수 있는지
오래전 우리 꿈에서 빠져나간 몽고반점 같은
물의 지도를 따라가 보자

한입 베어 물고 싶은 날고기 같은 하늘 아래
사막의 시간은 산 채로 씹힐 것이다
날것, 그대로의 나를 만날 것이다

휴

대포항
방파제 위에 늘어선 즉석 회 센터
붐비던 시간 한풀 꺾이자
허리에 묵직하게 둘렀던 전대,
고무장갑 벗은 과수댁 담배 한 개비 꺼내 문다

생선 함지박 비린내 밀쳐놓고
회 치던 손가락 사이로
휴—
깊이 빨아들였다 내뿜는 구름 계단
갯바위에 파랑 친다

관광객 등살에 잔뜩 웅크렸던 조가비들
슬며시 문 열고 손을 내민다
축축하고 짭조름한 삶, 서로 안부 확인한 뒤
팔을 거두는데

씨부럴 것들
요로콤 개좆같이 생겨 워쩌자는 겨

>
개불 허리 톡톡 쳐서 일으켜 세우는
과수댁의 굴 껍실 같은

休

돼지부속집

폐차장 근처 돼지부속집에 모인 사람들
미션과 삼발이, 얼라이먼트, 캬브레타, 엔진……
폐차의 주검을 수습하던 손으로 소주잔을 돌린다
막창, 오소리감투, 갈매기살, 껍데기, 쌍방울……
돼지부속 안주 삼아 한 저녁을 건너고 있다
아줌씨 저 쌍방울이 뭐시당가요?
비뚤비뚤 기어간 메뉴판 글발 놓고 던진 농지거리에
아그야, 넌 불알도 모르것냐?
어구 저 씨부랄 놈, 너그 집 죽은 시계불알이다
기름때 절은 손으로 봄똥에 쌈장을 처바르던 사내
돼지 껍데기 뒤집듯 다시 한번 지글거리는데
아줌씨 갈매기살이나 쌔려 묵고 바다로 날아가 불까?
저런 우라질 놈 생지랄하고 자빠졌네
오소리감투 처먹고 목이나 콱 막혀 뒈져부러라!
욕지거리도 매양 듣다 보면 헛배가 부르는지
그래 이왕지사 욕질 판에 감투나 한자리 써 보자고
오소리감투를 불판 위에 한 움큼 올려 보는데
욕쟁이 아줌씨 뭇방치기로 한마디 더 쏘아 댄다
이눔아 난 오늘 새벽에도 돼지머리에 절 한자리 올렸다
니눔들도 폐차 꽁무니에 대가리라도 한번 박아 봐라

불쑥 내민 홍두깨에 소주잔 꺾던 손이 뜨악해지는데
야들아 오늘 우리 몇 대나 작살내브렀나?
오십 대냐? 백 대냐? 나는 누구의 부속(附屬)이었다냐?
기름밥 먹는 우리 몸속의 부속들은 안녕하시당가?
가슴에서 불알까지 손더듬이로 쓸어 보는 사이
초겨울 저녁 돼지부속집 금 간 유리창에는
오소리털 벙거지 뒤집어쓴 고향 눈이 누덕누덕
어둠을 깁고 들어서는 것이렷다

침묵의 재구성

침묵의 구조는 단순하다
배경이든, 주인이든
맡은 바 정물로 앉아 버티는 것이다
구르거나 되바라지지 않고
각자 내면을 바닥까지 들여다보는 일
그러니까, 침묵의 화법은
지퍼로 입성을 견고히 채우는 것
재갈을 물리는 일이다

침묵을 한 껍질씩 벗겨 보면
속이 텅 비었음을 곧 눈치 챌 것이다
침묵을 뜯어먹는 일은
공갈빵을 씹는 것보다 더 허무하다
그러나 침묵은 잴 수 없을 만큼 무겁다
우울과 몽상의 묵시록,
그 무게에 눌려
목을 달아 맨 사람도 여럿이다

말라바르 공중 정원에는 침묵의 탑*이 서 있다
조로아스터교의 장례가 치러지는 곳이다

시신을 탑 꼭대기에 올려놓고 독수리가 쪼아 먹게 한다
(어느 쪽 눈알이 넌서 쌔먹힐까)
차안과 피안을 가르고 남은 뼈가 탑 우물로 떨어져
아라비아海로 흘러들어 갈 때
영원한 자유에 드는 법을 가르치는
死者의 書

사거리 길 모퉁이
오와 열을 맞춰 쌓아 올린 탑이 있다
노파의 하릴없는 기다림이 내장된 사과 피라미드
틈틈이 박혀 붉게 타오르는 저 벽놀은
또 하나, 침묵의 재구성이다

●침묵의 탑(Tower of Silence): 인도 마하라슈트라주(州) 뭄바이에
　있는 탑.

진흙소

진흙으로 빚은 소 한 마리 장대비 속에 젖고 있다

가죽 흘러내리고 살점 흘러내리고 뼈 내장이 녹아내린다
맹물 같은 시간 붉디붉게 쓸려 간 뒤 풀밭 위 혼자 남은 빈 코
뚜레, 소의 콧김 지우지 못한 듯 굽은 얼개 펴지 못한다 빈 고
삐 잡고 하냥 젖을 뿐

아훔(a-hum)●

자, 누가 저 소의 울음을 들었다 할까

●범어. 입을 벌리고 내는 소리와 다물고 내는 소리, 일체 만법의 시작
과 끝.

시계박물관

시계가 문제다

안방 건넛방 주방까지 접수한 시계들
서로 모양새가 다르다
제각각 장전된 알람으로 먹고 자고
학교 가고 출근한다

거실 기둥 시계가 종을 쳐 보지만
시차 극복은 구시대의 유물
각 방에서 마우스를 클릭하는, 시계는
한 달에 한 번 식탁에 모여 앉기도 어렵다
소통을 꿈꾸지 않는다

텅 빈 집
장식장 속에 늙은 시계가 갇혀 있다
톱니 몇 개를 돌리지 못해
내장은 서서히 녹슬고
시간의 뼈다귀는 미라가 되어 간다

시계와 시계 사이

크레바스를 살짝 덮은 꽃무늬 벽지
애써, 활짝 피었다

호랑가시나무

바위에 칼을 갈고 있었다
아니, 칼날 숫돌 삼아 바위를 갈고 있었다

갈면 갈수록 무뎌지는 칼날
갈면 갈수록 날을 세우는 바위

바윗돌 갈아 거울을 빚어내려는
바람이 있었다

수수만년의 고독,

잎을 갈아 호랑이 발톱을 짓고 있는
가시나무 아래서였다

못의 천국

일개미의 장례식이다

기어이 동강 난 허리
화구(火口)를 지나온 등신 뼈 여남은 조각이 작별을 고한다
잠시 울음 바람 지난 뒤, 유리 막 건너편 마스크 두른 사내
가 사각 쇠뭉치를 꺼내 든다

듬성듬성 남은 백골 틈에서 쇠뭉치 끝으로 우르르 달라붙
는 검은 물체들 (못이란다)
땅땅! 관 모서리에 박아 넣은 마침표, 이승과 저승을 가로
막은 불가불(不可不)의 상징이다

지구라는 공[球]을 굴리던
아버지라는 공, 남편이라는 공, 대리 과장이라는 공……
뼈 주사 한번 맞아 본 적 없이 공만 굴리던 일개미의 뼛가
루는 찬송가 291장 펼쳐 요단강으로 흘러드는데

제 삼자(三者)인 나는 못의 행방이 궁금하다
지남철에 딸려 간 그 쇳조각들 틈에서 망자의 가슴에 박혔
던 못 몇 개 얼핏 본 듯도 하다

>

날마다 재생산되고 소비되는 못,

못은 하늘에 들지 못한다
못은 지상이 천국이다
예수 손바닥에 박혔던 골고다의 못은, 이천 년이 지난 지
금도 못 머리 흔들며 개미들의 거리를 활보하고 있다

바람이 가끔 나를 들여다보네

국도변에 낮달이 떴다

차고 나면 다시 텅 빈 것 같은 달, 무딘 칼날에도 쩍— 몸
열어 주는 아날로그의 달, 술빵 덩이를 쪄 내던 중늙은이 사
내는 낡은 포터 트럭 위에 낮술로 떨어졌다

비둘기 몇 마리 모여 구구대지만 말짱 날탕이다

돼지꿈이라도 꾸는지 히죽거리는 주인장 곁에 저 혼자 훈
김 일으켜 호객 행위를 하는 달, 집 나간 누이 같은 달 조각
들여다보니 속살은 온통 울음주머니다 알 박힌 구멍 곳곳 바
람이 훑고 갔다

어디선가 술술 술 냄새가 풀려 나온다 잘 익어 지극하시다

바람 한 덩이를 베어 물었다 허기 때문만은 아니다 낮달의
정처도 모르고 누이 간 곳도 모르고 무우수(無憂樹) 그늘로 떨
어진 낮잠도 모르는 나는, 바닥을 친 자의 뒤통수 같은 술빵

헛물컨 세월의 허파에 이빨을 박아 보고 싶었다 나 없이

나를 통과한 바람 속에 한 번쯤 갇혀 보고 싶었던 거다

가시나무 춤

사내가 회를 치고 있다

아가미와 아랫배 감싸듯 눌러 잡고 회칼을 예각으로 뉘
었다
칼끝은 통점을 피해 날렵하고 부드럽게 스민다 살집 깊숙
이 파고들어 살점을 떼어 낸다

살림이 거덜 나는 줄도 모른 채 도마 위 마술을 견디고 있
는
놀래미, 칼날 지나며 살점 떠낸 자리에 가시나무 한 그루
선명하게 박혀 있다
물고기의 모양을 지켜 주던 내부 구조물이다

사내는 가시 양쪽에 붙었던 살을 모두 떼어 낸 뒤에야 아
가미에 덮였던 물수건을 걷어 낸다 놀래미의 눈동자는 아직
멀뚱하다
제 몸 위에서 한바탕 칼춤이 벌어지고 살점이 몽땅 털린 줄
도 모르는 눈치다

형태만 남은 놀래미를 수족관 속에 집어넣는다 가시나무

끝에 매달린 꼬리지느러미가 좌우로 꺾인다 속내 훤한 가시
나무 춤! 기포 속에 너울거린다
　몇 분 간 춤사위로 휘돌고 나서야 허리가 허전했던지 몸
체가 휘뚝거린다 괴목(槐木)이 되어 서서히 바닥으로 가라앉
는다

　가시나무를 방사(放飼)할 때부터 손목시계로 시간을 재던
사내가 고무장갑을 다시 당겨 낀다
　더 놀라운 춤을 선보이겠는 듯 회칼을 집요하게 노려본다

징

우리 집 바람벽에 걸린 징 한 개, 크로키 된 내 얼굴이 표면에 새겨 있지요 울의 한쪽이 끈에 꿰어 매달렸다가 채에 맞으면 쯥과 쯥을 물고 깨짐 없이 방짜로 울려 퍼지는데 그러니까 내 몸이 울림통이 되어 지이잉— 소리의 끈을 물고 가는 맛, 이거 별나답니다

아내는 내가 생각나거나 미워질 때면 한 번씩 두드려 보고 처조카 꼬맹이는 가끔 귀뚜라미를 잡아 안쪽 허방에 넣어 주기도 하는데 이젠 내 몸이 징의 미세한 울림에도 반응을 한다는 거예요 아무리 멀리 떨어져 있더라도 사분사분 귓속질을 하지요

저 놋쇠가 불에 익었다가 다시 방짜로 펴질 때까지 볶이고 망치에 맞은 매에 비한다면 내 삶이란 것 별스러울 것도 없겠지만, 나들며 바라보다가 지치고 비틀거릴 때 슬며시 두드려 깨워 보곤 하는데 켜켜이 삼킨 울음 안에 나를 들어앉힌 저 풍장의 깊은 내공에 감사할 뿐입지요

최초의 고래에게 부치다

고래들이 떼 지어 바닷가 백사장에 널브러졌다 수십 마
리 난쟁이밍크고래가 머리를 육지로 향한 채 착하게 숨을 놓
았다

고래야 그 옛날 땅 위에 마지막 발자국 남기고 바다로 간
최초의 고래야 너는 어느 궁벽한 곳 난쟁이로 살다가 바다로
뛰어들었니

나는 너의 일탈과 무모함을 사랑한다 가당찮은 혁명을 사
랑한다

땅을 벗어던지는 순간 몸속에 출렁거렸던 것은 공포가 아
니라 상상 한 상자, 난바다 떠돌다가 그 간절함이 신성(神聖)
에 닿아 지느러미를 얻었다지

심해 산호초 사이 헤엄치며 먹이를 구하지만 폐호흡을 고
집하는 고래는 끝내 물고기가 아니다

콧구멍을 정수리로 밀어 올려붙여 허공을 숨 쉬고 햇빛과
바람과 흙내가 피돌기하는 너는 대지의 유전자를 품었느니

>

구백 킬로 밖 음파의 진동까지도 느낀다는 고래야 소리로
보는 너의 시안(詩眼)을 사랑한다 새끼에게 젖을 짜 먹이는 포
유를 사랑한다

난쟁이고래, 너는 백설공주와 일곱 장난꾼들의 집이 궁금
해 주검까지 육지로 밀고 와 건들바람에 풍장을 치르는 게
로구나

낮술

남들은 불경기라는데 잘나가고 계시다 수목장례업체 사
장이라는 저 친구 싱글벙글 입이 귀밑에 달라붙었다

요즈음 세상 뜨신 몇몇 시인들이 나무 밑에 세 들었다는
신문 기사가 난 뒤 선금을 든 예약 손님으로 붐빈다며 희희
낙락이다

개기름 해반들거리는 얼굴로 명함을 돌리며 시여, 시인이
여 고맙다 고맙다고 밥도 술도 잘 산다

시집은커녕 시 한 편 제대로 읽은 적 없다는 저 친구에게
오늘 닝큼 넙죽 받아 마시는 이 술은 어느 선배 시인께서 내
시는 걸까

불콰해진 저녁 동네 골목길 들어서다가 문득 강화도 수목
장 영생목(永生木) 등 푸른 바람결 속으로 불려 간다

번뇌를 벗은 이름 하나씩 매달고 숲을 이뤄 가는 소나무
자작나무 너도밤나무 산사나무 물푸레나무⋯⋯

>

　새소리도 잠든 별빛 아래 누리고 있을 절대 고독, 하늘 향
해 올리는 그 통달(通達)의 시가 읽고 싶어지는 것이다

갈라파고스*

오래된 잉크병이다 손만 뻗으면 닿을 수 있는 책상 서랍 속
에 이십여 년 웅크려 있지만 그는 이미 내 마음 밖 1,000km
멀리 갈라파고스 섬이다 섬의 입구는 화석처럼 단단히 봉해
진 채 출입을 끊었다 마비된 듯 꼼짝달싹 않는 그에게 남은
것은 침묵의 자세뿐이다

푸르다 못해 검게 말라붙은 저 유리 벽 안에 내 상상을 뛰
어넘는 코끼리거북 바다이구아나 왕바다도마뱀이 문자를 꿈
꾸며 출렁거렸다는 종의 기원과 붓에서 펜촉으로 만년필까지
수천 년 섭렵했다는 변이의 역사가 믿겨지지 않는다

아날로그 시대의 대표적인 유물, 투박하고 허접해진 그 몰
골을 쓰레기통에 던져 버리려 몇 번 시도한 적이 있다 그럴 때
마다 그에게도 품위 있게 죽을 권리가 있지 않을까 하는 생각
에 다시 서랍 속 면벽의 자세로 되돌려 놓고는 했다

가을도 깊어 소슬한 밤 어둠 속에서 웬 울음소리가 들린다
코끼리거북 바다이구아나 왕바다도마뱀…… 갈라파고스 群
島의 부족 누군가 묵은 울음보를 털어 내는 모양이다 안방 아
랫목 자리보전하시는 팔순 어머니의 잠꼬대처럼 늙은 잉크병

은 문자향 휘날리며 헤엄치던 옛적 푸른 바다를 꿈꾸고 있다

●남미 대륙 에콰도르에서 서쪽으로 1,000km 떨어진 섬. 폐쇄적인 자연
 환경으로 인해 여타 대륙과는 다른 형태의 생명 진화가 이루어졌고 그것
 은 다윈의 진화론에 결정적인 증거가 되었다.

제2부

독(毒)을 뽑다

무덤에서 뽑아 낸 말뚝이란다

누굴까, 무엇이 얼마나

맺힌 게 많아 남의 선산에 독니를 박아 놓았을까

죄 없이 불려 나온 쇠 말뚝

녹슨 외짝다리에 풀뿌리가 엉겨 한 살림 차렸다

피붙이처럼 붙어 독살(毒殺)을 빨아내고 있다

무덤 위 할미꽃 한 그루

약손으로 어루만지듯 숙부드럽게 피었다.

서렸던 독기, 이제 그만 풀렸을라나

만월, 집들이

─술잔이 몇 순배 돌자, 여자가 느닷없이 집들이 이야기
를 꺼낸다

나 꽃집 셋방살이 끝났데이 인자 진짜로 내 집이고 내가 주
인인 기라 그동안 열세 살 내 연초록 나이부터 문깐방에 꽃
집 체리 놓고 사십여 년 꼬박꼬박 달세 무니라꼬 요통, 하복
통으로 고생께나 했다 아이가 아마 지금까중 백만 생이도 더
되는 장미꽃, 다발로 갇다 바쳤을 끼라 우짜다 쬐매 늦거나
한 달만 걸러 뛰보래이 좌불안석이 따로 없는 기라 나 이젠
당귀 잉모초도 그만 묵을 끼다 달력 위에 기리 넣던 주기 계
산도 생리대도 다 소용 없것제 그래, 빚이면서 빛이었던 내
몸속 달뜬 소용돌이 잠재우고 인자 자유인 기라 그랑께 오
늘 이 술은 달품 팔 일 없이 참말로 내가 호령하는 대청마루
로 입주한 내 몸의 집들이 아이가 마, 잔이 넘치도록 꾹꾹 눌
러 따라 보거래이

꽃의 집이었던, 여자는 향낭을 털어 내고도 다시 만월로
뜨고 있었다

아포리아 사막을 건너다

「별이 하늘에 떠 있다」
는 말에 나는 동의하지 않는다
사막을 넘으면 또, 사막
길 잃은 무명의 가슴에 별빛이 닿아
나사못처럼 빙글 돌아 박힐 때
몇 억 광년 날아와 뜰채에 담기듯
반짝, 꼬리 치는 별을 보라
영혼까지 빨아먹는 사막
별은 하늘에 떠 있는 게 아니라
어둠의 임계점 너머 박힌 나침반이다
촉수 세운 바늘이다

황금빛 햇살 바퀴로 문 여는 하루
누구는 닭 모가지를 비틀고
누구는 황소 이마빼기를 깨고
누구는 돼지 멱을 딸 것이다
장삼이사 익명성에 기대어
누구는 축생의 살점들을 식탁에 놓고
감사히 먹겠습니다, 먼 하늘
신의 뒤통수에 기도를 올린다

삶이라는 외통 골목은 늘 가면을 쓰고
Aporia를 춤추게 한다

나의 詩가 그러하다
은유의 옷 휘감아 두르고
아포리아 사막을 건너려 하지만
길라잡이가 되지 못하는 별
나도 속고 시도 속고
신기루 허상 속으로 떨어지고 마는
겉 발효된 언어의 술지게미여
시를 읽고 취하는 건 늘
모순의 혹을 군기름처럼 떠메고 사는
낙타, 시인뿐이다

뒷모습

달이었다
찜질방을 나서는 내 어깨 뒤에
맥반석 덩이가 차갑게 따라붙고 있었다
에두아르 부바*의 흑백사진처럼
뒷모습을 찍어 대고 있었다
무방비의 공간, 장식도 허세도 없는
뒷모습은 너무 정직해 슬프다**
고요와 쓸쓸함에 바쳐진다
꽃이 진 자리에 열매가 맺히듯
사람의 전집(全集)은 등 뒤에 있는 것 같다
바람이 가끔 갈피를 넘겨 보는
허무를 한 짐씩 짊어진 등짝들
벼랑의 막막함이 뒷짐을 지게 한다
내 몸 어딘가 영혼이 깃든 그늘이 있다면
팔 꺾어도 쉽게 닿지 않는 간극,
그 뒷모습 어디쯤 숨겨 있지 않을까
반지하 골방에 들어서니 깜깜하다
한 치 앞도 내다볼 수 없는 무저갱의 어둠 속
전주 李씨 아무개도, 경계도 벗고
내가 나를 들여다볼 참이다

●에두아르 부바(1923-99): 뒷모습 사진으로 유명한 프랑스 사진작가.

●●이철호의 산문에서 빌려 옴.

시계는 뒤통수를 보여 주지 않는다

밥 한번 먹자던 사람, 끝내 소식 없는 날

눈사람과 저녁 식사를 함께했다

눈사람은 눈이면서 사람

사람이라는 말에 피가 도는 듯 따듯했다

세한도 속 내 그림자뿐인 저녁보다는 눈사람이라도 마주
앉으니 훈훈했다

우리는 벽에 걸린 등신 거울을 들여다보며 눈을 맞췄다

거울 속 두 사람을 합치니 식솔이 넷으로 늘었다

헛제삿밥 앞에 둘러앉은 군식구처럼 킥킥 웃음이 새어 나
왔다

내일은 나비넥타이를 맬까? 숯 검댕 수염을 코 밑에 그려
볼까?

>

넷이 머리 맞댄 궁리라는 게 너무 뻔하고

싱거웠다

시곗바늘은 제대로 돌아가는데 시간이 가지 않았다

시계가 뒤통수를 보여 주지 않아서 맹춘(孟春)이 눈을 뜨
지 못했다

젖은 낙엽族

가을비 지난 뒤 마당을 쓸었다

낙엽 몇 이파리 빗자루에 착 달라붙는다

도쿄대학 어느 여교수가 명명했다는

젖은 낙엽族이 이런 모습일까

일에 시간에 쫓겨 마땅한 취미도

노년의 준비도 없이 퇴직한 저 사내,

낙엽 된 슬픔이 깃들어 있다

아내의 그늘 맴돌며 떨어지지 않는다

이사할 때면 멍멍이를 품어 안고

차량에 맨 먼저 올라타야 하리라

밥 한 끼 지을 줄도 세탁기 쓸 줄도 모른다

속옷, 양말이 어느 서랍에 접혀 있는지

연장통엔 뭐가 들었고 두꺼비집은 무얼 하는지

반상회도 쓰레기 분리수거일도 모르고

혼자 놀 줄도 모른다

아내라는 빗자루에 물먹은 낙엽처럼

착 달라붙었다가 어디론가 쓸리기 전에

설거지를 배우자, 접시를 깨뜨리자

단추를 달고 구두를 닦자

혼자 장도 보고 야채 값도 깎아 보자

책갈피 답답한 논리로는 넘어서지 못한다
아버지의 의자는 크레바스에 빠져 사라졌다
남편들아 오늘은 새에게 먹이를 주고
어항 속 금붕어 똥도 치우자
빨래를 널고 개자

저기, 빗자루 끝에 달라붙은 낙엽 파르르 떨고 있다

꽃으로 시작하다

네 살배기 꼬맹이가 숟가락질을 한다
장난감처럼 작은 수저로 밥 덩이를 실어 나른다
흰밥을 수북이 떠 입가로 가져가지만
밥알은 절반 넘게 숟가락 밖으로 뛰어내린다
아이는 무릎이며 바닥에 떨어진 밥알을 줍지 않는다
밥을 얻기 위해 한 삽의 무엇도 해 본 적 없는
조그마한 입에 밥은 목적이 아니다, 놀이다!
하나의 동선으로 이어지는 저 지극함
내 풍진 묻은 손으로는 따라할 수 없는
장난감 나라 먼 축제처럼 보인다
아이가 떨어진 밥알을 방바닥에 으깨어 붙인다
한두 송이 이팝나무 꽃으로 피어난다
희망처럼 씹었지만 비굴이 되기도 하는 밥
볼에 핀 밥풀을 떼어 먹는다, 아이는
기나긴 여정의 발원지이자 종점인 숟가락질을
꽃으로 시작하고 있다

매화傳

섬진나루 매화나무

남쪽으로 비죽 내민 새 가지 끝에 겨우내 거듭한 궁리(窮理)
새내기 꽃술로 열어 보이는데

궁기(窮氣)를 참지 못한 어린 참새들 쪼르르 달려드는데

훠이 훠어이—

주막집 팔순 노파 궁여지책(窮餘之策)으로 지팡이 세워 쫓
고 있는 사이

나무 그늘 내려앉았던 할미의 굽은 등과 쪽머리 위에서 벙
긋벙긋 홍매화 몇 송이 피어났다는데

그 깊고 진한 향기

봄내, 명아주지팡이를 따라다녔다는 이야그인데

새들의 지도에는

폐곡선으로 날아가는 새

허공을 파먹는다, 작고 날랜 몸짓

깃털 끝에 하늘 냄새가 배어 있을 것 같다

숲과 숲, 결 짓고 맥을 이어

산은 물을 가르지 않고 물은 산을 건너지 않는 길

새들의 지도에는 국경선이 없다

더 높이 더 멀리

비상의 극점, 터질 듯한 심장

또 한 세계를 세우려 뼛속까지 텅텅 비웠을 것이다

고층 빌딩 아래 큰유리새 한 마리 고개를 꺾었다

>

(새들은 페루에 가서 죽는다?)

날개 접고 추락한 것은 바람의 껍질일 뿐

현재의 새가 아니다

새들의 지도에는, 페루가 없다

아버지의 숲은 과거형이다

이제, 아버지는 과거형이다
그들의 문법이 파괴되는 데는 오래 걸리지 않았다
바람과 구름의 계보 어디쯤에서 툭 튀어 오른
핵가족이라는 화살 한 개, 심장에 꽂히더니
아빠-파파로 둔갑하여 아이들 손에 끌려다니고
아버지의 의자는 간단히 폐기 처분 되었다

이제, 아버지의 산에는 큰 바위 얼굴이 없다
서슬 퍼렇게 눈빛 부딪치던 포수도 맹수도 없다
다 뜯어 먹힌 구두로 탑골공원을 맴돌거나
원시적 고랑을 파는 뒷방 늙은이로 돌려 앉혔다
아버지가 경작하던 땅은 재개발되어
꼬부랑글자 이름 걸친 고층 아파트 받들고 섰다

오늘도 몇 트럭의 슬픔이 유기되고 있는가
아들, 딸 주소를 혀 밑에 끝내 숨긴 채
무연고 치매 노인이 되어 격리 수용되는가
뼈만 남은 나무 위에 늙은 새가 깃을 접는 저녁
묶음의 시간 속으로 남루한 바람이 불고
언제 그칠지 모르는 산성비가 내린다

>
하여, 아버지라는 오래된 숲은
봉분 몇 개 품고 잠든 과거 완료형이다

바다에서 시인에게

파도가 바위를 친다
함묵의 북, 두드려 억만년 잠 깨우려 한다
저를 허물고 바람을 세우는 파도
낮고 낮아져 모음만으로 노래가 되는 시를 쓴다

시인이여
바다라는 큰 가락지 끼고 도는 푸른 별에서
그대, 시인이려거든
바다 건너는 나비의 가벼움으로 오라
비유로 말고 통째로 던져 오라
애인이자 어머니이며 삶이고 죽음인
바다를 사랑하라
근원에서 목표까지 온전히 품어
구름 되고 비가 되어 정신을 적시는 바다
모래톱에 밀려온 부유물들을 보라
모든 것 다 받아 준다고 바다가 아니다
마실수록 갈증이 되는 허명(虛名),
껍데기로 뛰어든 것들 잘근잘근 씹어 내뱉는
허허바다

>
오늘도 어느 해류는
목마른 편지가 든 유리병 하나를 실어 나르기 위해
입 꼭 다문 채 온밤을 흐른다

명(命)

눈발 휘날리는 대학로
원조순대국집 노파가 바다를 건너고 있다
命을 맡긴 한밤의 무단 항해다
팔십 고개, 순대 묶음처럼 꺾인 허리와
지팡이가 하나 되어 큰 너울을 건너고 있다
온몸으로 노를 저을 때마다
들숨날숨 파도 위에 녹아내리던 호흡이
중앙선 위에서 잠시 멈춰 선다
앞만 보고 악착으로 내달려 온 세월
미처 따라오지 못한 영혼을 돌아보시는가
한쪽으로 기우는 쪽배가 위태로워
질주하던 쾌속정들이 급브레이크를 밟는다
왁자하던 불빛과 뱃사람들의 수다
날리던 눈발도 잠시 숨을 고른다
노파를 모시는 지팡이의 어눌한 방향키에
모든 초점이 엉겨 붙는 순간, 거리는
먹먹한 고요가 가라앉은 바닷속 풍경이 된다
천근만근 납덩이보다 무거운 걸음
쌍끌이 그물코에 걸린 마음들이 밀고 당기던
원조 지팡이가 기우뚱거리며 보도 위에 닻을 내린다

명줄을 겨우 이은 쪽배가 골목으로 사라지자
생각난 듯 함박눈송이들이 뛰어내린다
숨죽였던 쾌속정들이 총알탄으로 튀어 나간다
급물살을 타는 대학로, 속도만 생각할 뿐
아무도 원조를 기억하지 않는다

오전 10시에야 깨어나는

가위바위보!

날개 펼쳐 '보'만 내는 어린 나비에게 '가위'를 '바위'를 가
르친다 가위는 보자기를 자르고 바위는 가위를 부수는 거라

고치를 겨우 벗은 나비는 한참 내 말에 귀를 기울이다가 꼼
지락꼼지락 더듬이를 뽑아 세워 가위를 펼친다 온몸 둥글게
뭉쳐 바위를, 무기를 만들기 시작한다

저 여린 날개 사이에 우리는 머지않아 푸른 지폐를 찔러 주
겠지 후라이드치킨과 버거킹을 쥐어 주고 자본의 왕국에 시
녀가 되는 법을 가르쳐 주게 되리라

오전 10시까지는 새록새록 잠들어 구만리 꿈길을 다녀와
야 할 나비에게 새벽이슬 털고 일어나 세상의 꽃술이 비린지
달콤한지 맡아 보라 시킬 것이다

가위바위보! 보자기가 잘려 나간다 가위가 부서진다 나비
는 술래를 피해 바위틈에 붙어 숨는다 막막한 시간 혼자 견
디며 깜박 잠, 삼매경에 들었다

노반(老伴)

할미가 할아범의 굽은 등 긁어 주고 있다

워낭 흔들 기력조차 없는 늙은 소처럼 깡마른 할아범 어깻죽지 아래에는 할미의 손바닥만 한 등걸밭이 있다

쭉정이뿐인, 비어서 더 깊이 짚어 닿는 곳

에돌아 온 구비만큼이나 닳고 닳아 무뎌진 손톱으로 살비듬 계곡을 써레질한다

길게 또는 짧게, 운행을 멈추고 벅벅 긁혀 떨어지는 꼬리별들

까치밥으로 나앉은 홍시야 예가 어디쯤이냐

눈잣나무 몇 그루 떨며 서 있는 세한도 갈필 속 비백(飛白) 같기도 하고

저승길 건너가는 나룻목 같기도 한데

>

저녁내 두 그림자는 발치에 가랑잎 소리만 굴려 놓고 석상
처럼 고요하시다

툇마루 아래 폐경기 고양이의 가래 섞인 울음소리만 환하
게 어둠을 핥고 가는 그믐이었다

난곡(蘭谷)의 난

난곡마을이 사라졌다 칼국수 가락처럼 휘휘 감아 돌며 느
리고 깊은 발자국 받아 주던 골목, 새우잠 속에서도 고래 꿈
꾸던 명랑슈퍼, 영광세탁소, 우정부동산이 휴거 되었다 난초
향 그윽했다는 옛 골짜기 난곡(蘭谷), 밀리고 밀리다 난곡(難
谷)으로 휘몰렸다 뿌리째 뽑힌 푸새들은 어디로 흩어졌을까
수북이 쌓인 파지 더미 속 빛바랜 이력서 한 장 가랑비에 젖
고 있다 관악구 신림7동 산 101번지…… 달랑 두 줄로 요약
된 삶의 이력(履歷), 시퍼렇게 붙어 터진 볼펜 글발을 싣고 명
함판 사진이 물길을 튼다 살과 뼈 모두 발라낸 지푸라기 같은
이름이 난곡을 떠난다 대추나무에 걸렸던 가오리연 긴 꼬리
가 뚝 끊어져 떨어진다

상자는, 상상 밖에 있다

상자는 상상 이상이다

상자 뚜껑이 열리기 전까지 내부는 4차원이다

상자는 하룻밤 사이에 이승과 저승을 오갈 수도 있다

상자 속에 누워 포장이사 가는 당신의 마지막 밤을 생각
해 보라

상자는 뚜껑 하나로 명료하게 빛과 어둠을 나눈다

상자는 태어날 때부터 몇 개의 못을 박아 넣고 면죄부를
받았다

상자 속에는 예수와 부처가 기대거나 포개 눕기도 한다

상자는 밖이 궁금하지 않다, 조바심은 인간 몫이다

상자 안의 세계가 소원이라면 열어라

상자 모두가 판도라의 마술을 부리지는 않는다

상자 바닥에 빛 한 부스러기 없을 때 그 허무를 어쩔 것
인가

상자 한 개쯤은 품고 살자, 열쇠를 무덤까지 갖고 가더라도

상자는 희망이라는 이름으로 당신을 위무할 것이다

상자는 저를 세우지 않는다

상자 속에 돌이 담겨 있으면 돌 상자

상자 속에 진주가 들어앉으면 보석함이다

상자는 힘이 세다

상자가 악어 이빨을 숨기고 있다는 소문도 있다

상자가 문제인가 소문이 문제인가

상자는 침묵의 요새, 수천 년도 입 다물고 간다

상자 속의 성배를 찾으려 마라

상자는 자물쇠 고리가 걸려 있을 때 깊어진다

상자 속 허튼 꿈으로 엿보았다가 사막의 죄* 짓지 마라

상자는 쌓여 빌딩이 되고 직장이 되고 밥을 퍼 나른다

상자를 향해 발기하는 동안 또 다른 상자가 살을 붙여 온다

상자를 구워 먹자, 상자는 늘 상상 밖이다

상자 속에는 흑암의 태양이 새똥 같은 별자리를 낳는다

상자에게는 상자의 문법이 있고 계율이 있다

상자는 매일 쌓이고 매일 무너진다

상자, 깨지고 부서져 화목으로 던져지는 저 성자(聖者)에게 경배를—

●사막에서 오아시스를 발견하고도 남에게 말하지 않은 죄.

어느 미련스런 짐승이 있어

동강 벼랑에 궁을 세우라!
여왕은 궁리 또 궁리 거듭한 끝에
어명을 내렸을 것이다

난공불락의 요새,
꿀을 사수하겠다는 일념으로
뼝대* 허리춤에 석삼년 공사를 벌였을 테지
아아, 저 아득한 높이의 석밀(石蜜)
그 내밀한 사랑이여

어느 미련스런 짐승이 있어
하나뿐인 목숨 허공에 매어 달고
천 길 낭떠러지에서 꿀을 따려 할 것인가

다시 봄이 왔다
만화방초, 꽃과 벌의 거리가 멀다
바위 너머 또 바위
꿀벌의 날갯짓은 천축의 길보다 힘겹지만
너나없이 벼랑부처가 되고
밀낙원(蜜樂園)은 내내 평화로웠을 거야

\>
그러나

어느 시대에나 미련한 짐승은 있어

머리 검은 작자가 꿀 사냥을 주문했다는데

나무뿌리며 넝쿨손 감아 잡고

벼랑 마루 기어올라 탈취한 석청(石淸) 한 단지

제 그림자 밖은 보지 못하면서

입맛 다시며 뚜껑을 여는 나의 푼수는

어느 벼랑에 달릴 죄업인가

한 허리 털린 층암절벽

동강으로 투신할 듯 기우뚱거리다가

겨우 곧추세워 바위로 돌아갔다

●높은 바위로 이루어진 낭떠러지를 이르는 정선 지방 사투리.

제3부

제목 없는 시

해골바가지,

해골에 바가지를 처음 갖다 붙인 자 누구일까
해골을 바가지로 알고 물을 떠먹었다는
원효, 누군가 해골을 바가지에 담았다 꺼내지 않았다면
해골바가지로 물을 마시지 않았을 것이다

폴란드 화가 즈지시와프 백진스키*가 그렸다는
해골바가지들, 뼈와 뼈의 포옹이 적나라하다
그의 작품엔 제목이 없다
니 해골인지 내 해골인지 모르는 바가지에 무슨 이름이랴!

백골과 백골이 엉겨 붙은 낯선 풍경
저승인 듯, 눈 시리게 읽다가 내 두상(頭上)을 촘촘히 짚
어 보았다
이름을 겨우 얻은 이목구비 살점들
손가락으로 더듬거리다 탈바가지를 떼어 힘껏 던졌다

호두 알 한 개 아얏! 바스라진다

●즈지시와프 백진스키(Zdzislaw Beksinskj, 1929-2005): 엽기
적인 그림을 많이 그렸는데 그의 작품에는 제목이 없다.

그 겨울의 식탁

그해 겨울, 뚝딱
육송 판자가 망치질 몇 번 당하고는
식탁이 되었다 나무라는 태생적 가계를 버리고
밥상이 되었다 식은 밥 덩이와
간장 종지가 섬처럼 떠 있는, 식탁은
나무가 아니라 밥상이다 소나무가
몇 개의 못을 받아 삼키고 이름을 버리듯
쥐꼬리만 한 월급 받아 쥐고는 꼬깃
꼬깃 접어 두었던 내 안의 꿈들을 살랐다
여보가 되고 아빠가 되어
간 쓸개를 내놓았다 내 몸이 뻗정다리가 되어
겨우 버티는 식탁, 식탁이 삐걱거린다고
나무로 숲으로 돌려보내지 않는다
곧장 불구덩이에 던져질 뿐이다
속이 텅텅 비어 더 내어 줄 것 없고
삭아 내릴 일만 남았다며 꿈을 접었을 때
금 가고 이 빠진 자리가 스멀거렸다
싹이 돋았다, 빌어먹을!
시가 왔다 밥 한 덩이 바꿔 먹을 수 없는
시, 남들은 사시 눈 뜨고 보지만

이제 비로소 내 묵은 일기장을 펼쳐 쓴다
그 거울의 식탁이 꽃 피었노라

나무 자전거

나무로 만든 자전거 한 대 갖고 싶네
핸들과 페달, 바퀴까지
나무로 깎아 붙인 자전거로 노을 속을 가고 싶네

느릿느릿 해거름 저녁 저어 가다가
온몸 밀고 당기는 달팽이 길도 내어 주고
한 자 두 자 재며 가는 자벌레들 행진도 기다려 주며
늘보 걸음 기우뚱거리는 푸른 자전거

나무로 깎은 자전거를 타고 싶네
폭죽 터지는 순간 스쳐 지나고
풀씨 같은 별들 외로움으로 돋아 올라도
나무 바퀴는 게으름의 속도를 탈피하지 않으리

물렁뼈 같은 시간, 느리게 더 느리게
그리움의 노를 저어 가다 보면

핸들에서 싹이 트고 바퀴살에 잎이 돋아
달팽이와 자벌레 숨결도 옮겨 붙는 꿈의 나무 자전거
내 몸도 온통 푸른 물이 든 채로

부치지 못한 편지처럼 실려 가겠지

물푸레, 물푸레 자전거를 타고 싶네

갈필(渴筆)로 치다

늙은 쇠잔등처럼 설핏한 동짓달
A 시인이 「행복」 메일을 보내왔다
올해의 소중한 만남 행복했노라
두고 깊이 간직하겠노라
이러구러 송년 인사쯤으로 여겼는데
아니었다, 촘촘히 읽어 보니 정반대다
행복이 아니라, 「항복」이었다

　　외롭지 않았습니다
　　혼자이지 못했습니다
　　동서남북 이곳저곳 기웃거리느라
　　바람만 들었습니다
　　이제, 항복합니다
　　시 앞에 무릎 꿇고 엎드립니다
　　끓고, 닳고, 못 박아
　　온전히 나를 거두겠습니다
　　외롭겠습니다

비목처럼 바싹 마른 고독 아니면
시의 바늘귀를 통과하지 못하는 것일까

갈필로 치듯 빈 몸뚱이 던져
뱃속까지 내려가 바닥을 짚어야 하나
이메일, 홈페이지 달아걸고
동안거에 든 시인의 결가부좌
대설주의보 떼구름 위에 겹쳐 온다

오늘 밤 눈바람 세한(歲寒)의 잣나무 아래
누군가 발자국이 짐승 울음처럼 찍혀 있겠다

낮달 크로키

맨발이다, 저 한낮의 순례자

닳고 닳아
미농지처럼 얇아진 알발
구름 조각보로 슬며시 감싸 보는데

오늘 밤
들림을 꿈꾸는 노파의 묵기도 속에는
하늘 강 거룻배로 떠오르는데

빈 밥그릇 핥던 누렁이가
풀쩍 뛰어올라 물고 떨어지는
흰 뼈 한 토막

외눈이 부처 손바닥 위인 줄도 모르고
벌새는 윙윙 속도전이다

쉿! 지상의 꽃들 낮거리를 시작한다

모자草

네 살배기 조카에게 모자를 사 주었다
시장 좌판에서 챙 넓은 모자를 골라 주었더니
녀석이 고개를 갸웃거린다
모자와 나, 번갈아 눈치를 살피다가
모자를 땅바닥에 뒤집어 놓고는
둥근 허방 속에 맨발을 덥석 집어넣는다
모자에게 초대 받아 본 적 없는 발,
신발을 신는 듯 모자 속에 두 발을 모으고는
여치처럼 폴짝폴짝 뛰어도 보는 것이다
금은보화로 받들어 높이던 왕관
별을 달고 싶어 안달이 났던 모자, 모자들
그래, 머리에만 모시는 게 아니로구나
모자는 먼 여행을 하고 있는 것
아이의 저 낮은 눈에는 뜀틀이 되고
둥둥 떠가는 거룻배도 되는 것이었구나
요리조리 모자를 굴리며 놀고 있는 아이
어깨 위에 새하얀 나비 한 마리가 내려앉는다
화분 속에 발을 심어 놓은 아이는
어느새 꽃이 되어 나를 보고 활짝 웃는다

벌레 먹다

화사 두 마리 엉겨 붙어
똬리 틀다 숨어들어 간 풀밭에서의 식사[*]
—휴식도/공포도 아니야
곁에 붙어 앉은 여자가 내 입에 넣어 주는 김밥 덩이가
무슨 미끼처럼 느껴지기도 하는데
허벅지까지 드러낸 꽃무늬 망사스타킹
티브이 화면에서 본 꽃뱀 같기도 한 것인데
아, 무심한 척 눈길 돌리고
단무지와 시금치 우적우적 씹어 보지만
텐트 치고 일어서는 용두머리
저 뱀의 체위에 갇히고 싶다는 음란의 뿌리가
스멀스멀 말초신경을 감아 오는데
포도주 몇 잔 빌려 쟁쟁거리는 내 언어는
—해탈도/풍자도 아니야
뱀이 사라진 풀밭, 여자의 깊은 수풀 속
페르몬 향기 따라 모여드는 개미들
내 일탈의 밑그림 속에는
아직도 수천 마리의 벌레가 알을 까고 있어
그들이 슬어 놓은 별과 바람이 새끼를 치고 있어
뱀 장사의 낡은 허리띠처럼 내 안에 똬리 튼

이 속물근성은
옛적 임성기약국 앞을 지날 때 받기하던 벌레의 날갯짓
—자본도/부채도 아니야
내 청춘의 가난한 습성일 뿐,

●「풀밭에서의 식사」: 에드아르 마네의 그림.

풀독

풀독이 올랐다

고향 집 뒤뜰 잡초를 뽑았을 뿐인데
팔뚝에 붉은 반점이 돋았다
개여뀌, 환삼덩굴이 별사(別辭)를 새겨 놓은 것일까
꾹. 꾹.
철필로 눌러쓴 절명의 문자들
며칠째 불침번 서며 내 잠을 쓸어 낸다

가만히 돌이켜 보니, 나는
저 풀포기를 잡고 일어난 적 있었다
무허가 판잣집 쑥대밭이 되고
개밥바라기도 쭈그러져 내동댕이쳐진 밤
독이 올라, 시퍼렇게 독이 올라
악다물고 있을 때
내 손잡아 세워 주던 질경이 뿌리들

팔뚝 위에 갈필로 긁고 일어선
저 날 선 복병(伏兵)들에게
오늘 밤 나는 전복(顚覆)될 것이다

선잠 들더라도 육십 년대 시궁쥐처럼
해방촌 산등 성이 비린내 곁을 기웃거리겠지

끝내, 잡초를 벗지 못할 것이다

구름 대포폰

하나님, 제 몸을 휴대전화기 형으로 바꿔 주셨으면 좋겠
어요

누군가 부르면 예! 하고 벌떡 일어서는 게 아니라 진동 모
드로 설정해서 춤추듯 허리를 찌르르 떨어 화답하는 거지요

한 소식 날아오면 손바닥 비벼 메시지를 읽고 입력된 전
화번호는 언제든지 꺼내 얼굴도 서로 보며 통화할 수 있다면

뉴스, 증권, 은행 정리는 물론 MP3, 영화, 네비게이션,
무선 인터넷까지 루루 라라— 내 몸의 버튼 하나로 천 리 밖
구름택시도 불러 탈 수 있다면

*

그래, 소원이라면 600만 화소 최첨단 광속 UFO폰으로
바꿔 주마

한 가지 명심할 것은 절대로 졸지 말거라

어느 날 공원 벤치에서 잠시 눈 붙이는 사이 누군가 휴대
폰 속 21g 네 영혼의 칩 꺼내 버리고 체위를 바꿔 덥석 들어
앉는다면

네 사랑 네 새끼 네 통장까지 몽땅 대포폰이 차지한다면

주인 잃고 하릴없이 허공에 뜬 네 모자는 구름택시 바퀴
에 으깨져 빗방울 몇 개로 루루 라라라— 굴러떨어진다면

팽—

나사못 한 개 구둣발에 채인다 어느 구멍에서 풀려나왔을
까 모양이 찌그러지거나 많이 닳지도 않았다 제자리 찾아 맞
물리면 아직은 쓸 만할 것도 같은데 보도 위에서 낮달과 맥
없이 나뒹굴고 있다

공원 벤치에 혼자 앉아 점심 도시락 까먹던 중년 사내가 송
사리만한 숫나사를 주워 든다 나사선(螺絲線), 고층 빌딩 층
층 돌아 박혔던 나선의 계단에서 하룻밤 새 내몰린 알몸의
상처들 어루만지다가

사내는 팽나무 아래 휴게 의자 녹슨 못자리에 나사를 박는
다 손톱과 손가락으로 누르고 돌려 보지만 나사못은 제자리
에서 맴돌 뿐 팽—, 의자의 관심 밖이다 헛돌다 지친 쇳조각
한 개 매미 껍질 위로 툭 떨어진다

가을은 먼저 저물어 그림자 깊다

풍차야, 아홉

풍차 그려진 달력을 보면

큰 바람개비 떠 있는 집에 살고 싶어진다

셀로판지 같은 허명(虛名) 접어 두고

풍문이 닿지 않는 오지, 어느 구석쯤

돈키호테와 당나귀의 뿔난 돌진도 지켜보고

몽상의 축포도 쏘아 올려 보고

밤새 맷돌 돌리고 방아도 찧다가

살진 엉덩이 체위도 바꿔 보고

내 여자가 그만두라면

a-hum

흰 소와 함께 크게 하품이나 하다

비틀린 날개가 지붕 끌고 훌쩍 날아오르는

꿈의 처소,

발바닥 잘 닦고 굴러 봐야지

빈 부대 자루 어디다 뉘어도 하늘일 거야

구름열차가 오수(午睡) 위로 떠가는 먼 나라

풍차 바람에 세 들고 싶네

장고야, 장구야

장고, 장구?
한자로 지팡이 장(杖)과 북 고(鼓)를 쓰면 장고,
노루 장(獐)에 개 구(拘)를 걸면 장구도 맞다
나는 왠지 장구라 부르는 게 정겹다
궁쿵 따르르—
오동나무 통에 개가죽을 덮어야 명품이라고
뿐이랴, 부드럽고 질긴 똥개 가죽이
으뜸이라니

내 소년의 바짓가랑이에 걸리는 누렁이
변변한 집도 이름도 없었지
잡종답게 곡진하게 따라다니다
내가 누구와 말다툼이라도 벌일라치면
으르렁! 기선을 잡아 주던 황구,
동네 어린애 생 똥이나 주워 먹고
개밥바라기하다 마루 밑으로 스며들었지
어느 해 여름 복지경
오리나무에 달려 돌림타작 당한 뒤
개 거품 물고 떠났다네

>

김덕수 패 사물놀이가 절정이다
궁쿵 구궁 구르르 다르르르
복달임* 당했던 똥개가 운다
두텁게 떼어 당겨 놓은 가죽 찢어라
찢어발겨라 우짖는다
북소리 꽹과리 소리 꼬나 넘기겠다는 듯
궁채에 맞고 열채에 채이며
추임새 불어넣는다

황구 놈, 오늘은 잡종 같지 않다
허기 벗은 가죽 마음껏 뒹굴고 나자빠지며
빵빵하게 울어 재낀다

● 복날 더위를 물리치는 뜻으로 고기붙이로 국을 끓여 먹는 일.

슬픈 말더듬이의 시

A4 백지 속은 천 길 벼랑 아래 시퍼런 강물이다

어미 품에서 놓여
악산(嶽山), 절벽 끝으로 내몰리다가
얼음땡! 하고 멈춰 선
어린 새 한 마리

허공을 받아 안지 못한 날개깃이 파르르 떨린다

꽃들은 이름만 불러내도 시가 되는데
아, 혓바늘만 돋아 통점이 되는
말더듬이 놀이

꽃으로 피지 못하고
새가 되어 날지 못하고
매독균처럼 불안한
문자, 문자들

원고 마감 날
괴발개발 그려 가는 백지 위에

신석기 어느 지층에서 발굴된 알 껍질 몇 개
자모의 꼬리를 달고 굴러다닌다

휴먼 블랙박스

내 몸 어딘가에 블랙박스가 숨겨 있을 거야
그래, 하나님도 워낙 바쁘시니까
세상 모든 정보를 일일이 기억하기 힘드시겠지

먼 후일 내가 지친 날개 접고 떨어지는 날
내장되었던 블랙박스를 회수해서는
이놈, 네 죄를 네가 알렸다! 족치시겠지

형틀에 덜미 잡힌 나는 줄줄 죄를 토해 낼 거야
하늘 우러러 한 점 부끄럼 없기는커녕
토설해 놓은 죄업이 태산을 덮을 지경이라
하나님은 더 보지도 않고 지옥불로 내치시겠지

시시해 보이던 詩
너무 더디 내 안에 들여 겁 없이 곪았습니다
한번만 봐 달라고 싹싹 빌면 하나님은 뭐라실라나

몸 어디엔가 붙어 나를 읽고 있을 블랙박스야
지난 비린내 좀 지워 줄 수 없겠니?
나 이제부터 시의 이슬이나 빚어 먹을게

몽그작패 건달로 살다 갈게

함박꽃 울고 있네

면접시험 치르고 돌아와 울고 있는 함박이여
방문 꼭꼭 걸어 잠그고 우리 집 함박꽃이 울고 있네
문틈으로 새 나오는 축축함, 지금 심사(心事) 꽃 아님을 알
겠네
필기 점수는 넉넉했다는데 미역국이라니!
꽃눈 뜰 때부터 내 입술에 자랑이 붙어 다니던 함박
함박송이 웃음으로 온 집 안을 밝혀 주던 꽃
울안 자투리땅에서만 키운 내력이 미덥지 못했을까
변변치 못한 부모가 걸림돌이 된 것은 아닐까
오늘은 함지박에 수북이 담긴 쑥개떡이 징그럽네
후레지아, 칸나 따라 외국어 연수 바람 한번 쐬지 못한
함박꽃의 이력서가 안쓰러워 혼자 앉아 강술을 마시네
꽃부리에서 알뿌리까지 발가벗기던 면접관의 눈초리
벼랑 끝으로 내몰던 아귀 같은 그 질문들
빈속에 안주 삼아 아귀아귀 씹어 보는데
어느새 등 뒤에 다가와 함박웃음으로 피어 있는
꽃

티벳여우를 기다리며

해발 4,488m 암드록쵸

터키석 빛 호수에 풀렸다가 하산하는 길

라마승처럼 고고한 여우가 산다는 협곡 돌아서는데

차량 뒷바퀴에서 야릇한 쇳소리가 따라온다

옴마니반메훔!

멈춰 선 버스, 타임 벨트가 끊겼다

과열된 엔진 부위를 식히기 위해

운전기사와 나는 물통 들고 시냇가로 나섰다

물을 긷기 위해 무릎 꿇고 손 짚다 보니

허리가 자연스레 구부러졌다

지상에서 가장 높고 맑은 영혼의 땅,

그대 경배하라

산 그림자 속에 꾀웃음 감춘 티벳여우가

일침을 가하고 있는 것은 아닐까

빨리빨리—

하루 수백km 내달리는 바람몰이 이방인에게

시간의 허리띠 풀어 놓으라

느림의 보폭을 가져 보라

타임 벨트 짐짓 끊어 놓고 나를 불러낸 게 아닐까

시냇물은 고요롭고 따듯했다

물고기를 잡지 않는다는 티베탄처럼 온기가 살아 있다
버스는 몇 번 더 나를 내려놓고
오체투지를 시켰다
그럴 때마다 티벳여우와의 동행을 한 호흡으로 느끼며
냇물에 내 그림자를 띄워 흘리곤 했다

혼자 먹는 밥

창밖엔 송이눈 내리고
가정식백반집 홀로 받는 저녁상이다

나잇살 먹는 것보다
혼자 먹는 밥이 더 사무치는
중늙은이 앞에

神託처럼 놓인 밥

수저 부딪는 소리와
젓가락 달그락거리는 소리뿐
말 섞을 누구 하나 없다

그래도 빵이 아니고 밥이라
사리처럼 빛나는 밥알들

'밥이라는 말은 단수가 아니라 복수란다'

하늘의 말씀
소복이 내려 어둠 너머 쌓인다

제4부

꿈에라도

재개발 지역
철거를 앞둔 집들 창문이 모두 깨져 있다
두개골의 눈구멍처럼 뻥 뚫렸다
저 검은 요새에서 내다보던 눈동자가 두려웠을까
철거반은 쇠꼬챙이로 눈두덩부터 털어 냈다
포클레인으로 캐내던 땅 울음 잠재우고 나면
텅 빈 눈구멍 속으로 별 싸라기들이 모여들었다
저 집에서 죽어 나간 개미들
저 집에서 초야를 치른 벌 나비들
새끼 배고 새끼로 태어난 족보 없는 개들
밥풀처럼 엉겨 붙어 살던 족속들이
해골바가지 속에 모여 울음을 먹이는지, 밤이면
집집마다 웅얼웅얼 오구굿 소리가 들린다
머지않아 내 낡은 기억도 헐리고
하늘 찌르는 고층 아파트 숲이 들어설 것이다
쥐새끼 한 마리 얼씬거리지 않는 돌비알
삭정이가 된 나뭇가지들이 초승달을 띄운다
바람도 깨진 유리 조각을 물고
번쩍, 날이 섰다

소주는 쉽다

마시기 쉽고
취하기 쉽고
쉽게 깊어진다
쓰러진 소주병을 보면
주절 주절꾼,
쉽게 나를 따라 주고 닳은
아픈 바닥이 있다
더 내려갈 곳 없다는 순간
처음처럼
또다시 한 잔이 건너온다
소주는 쉽다
깨지면 날을 세우지만
쉽게 맺고 쉽게 지우고
사철 초록 입술 동그랗게 벌려
이슬을 따라 놓는다
나를 퍼낸다

나는 지금 물푸레섬으로 간다

물푸레, 그래 물푸레섬—

이름만 굴려 봐도 입가에 푸른 물이 고이는 섬이렷다

연안 부두에서 어쩌고 덕적도 저쩌고……

귀동냥으로 주워들은 대로 이 배 저 배 갈아타고 반나절,
쉼표처럼 떠 있는 섬 자락에 닿으면

초록 물감 한 됫박씩 뒤집어쓴 물푸레나무들이 바람 탄 내
손 잡아 주겠지

산책하듯 느리게 섬 한 바퀴 돌다 보면 이름도 얻지 못한
몽돌 바닷가 어디쯤 한 여자가 살고 있을 거야

서랍 속 깊이 묻혀 혼자 낡아 가는 첫사랑 편지 같은 여자

세상과는 담 쌓고 남정네와도 담 쌓고

그래, 섬처럼 홀로 닫고 살아왔으니 꼭 품어 안으면 물푸
레 수액처럼 축축한 슬픔이 단숨에 내 가슴으로 번져 오겠지

새들의 지도에나 올라 있을 듯한 섬, 물푸레

그 먼 고도(孤島)에 가서 물푸레나무 달인 물로 시나 쓰며
며칠 뒹굴다가 물푸레 그늘 같은 여자에게 코가 꿰었으면 좋
겠네

물푸레 코뚜레에 동그랗게 갇혀 오도 가도 못했으면 좋
겠어

이 배 저 배 갈아타며 나돌아 다니지 않고

그 여자가 끄는 대로 이러구러 끌려다니다 나도 물푸레나
무로나 늙었으면 좋겠네

제 발치의 성긴 그늘이나 깁는 바보 나무가 되었으면 좋
겠어야

지금, 나는 물푸레섬으로 간다

복날은 간다

봐라, 애들아
주린 개도 사람은 탐하지 않는데
개기름 번드레한 식객들이 개장국을 먹는다
우리는 밤새워 인간의 집을 지키는데
그들은 우리 집에 등 하나 달아 주지 않는다
주인이 하루만 외박을 하고 돌아와도
개는 오줌을 지려 가며 반기는데
밤새 어느 연놈과 나뒹굴다 왔느냐
저들은 부부끼리 난투극을 벌인다
저기 쭈그렁 밥그릇을 봐라
자기네는 하루에도 몇 번씩 깔끔 떨면서
개 밥그릇은 장맛비에 마냥 젖는다
애들아 정신 차리자! 오늘은 복날이다
뒷산에 숨어들어 앞발 드는 연습이나 하자
발에 땀나도록 두 발로 걸어 보자
인간이 동물을 벗은 것은 직립보행부터다
저들의 손이 우리를 부리지 않느냐
뒷다리 들고 영역 표시하던 멍멍이가
앞발, 아니지 손으로 전봇대에 금을 긋는다면
주인장 나리 까무러치지 않으실라나

오래된 미래가 펼쳐지는 손,
우리 패 중 누구는 애써 치켜든 두 손을
싹싹 비비는 데 사용할지도 몰라
개같이 벌어 정승처럼 먹어 보겠노라
거품 물고 아귀 판에 뛰어들지도 모르지
개 못된 것, 들에 나가 짖는 법
왁시글덕시글 개판에 개불알꽃 흘레붙는 사이
야야, 복날은 간다

손을 이마에 얹고 서쪽을 바라보다

서쪽으로 허공 길 내는 나뭇가지들

늘 허리를 굽힌다

낮고 공손하다

소멸이 아니라 탄생의 또 다른 방식으로 별을 키우는

서쪽,

내가 날려 보낸 종이학은 어디쯤 가고 있을까

무소뿔의 질주보다는

뒤쪽으로 둥글게 말아 내린 산양의 뿔을 따라가야지

느린 바람과 게으른 구름들이 지극히 가 닿는 곳

손차양하고 서쪽 먼 하늘을 바라본다

\>

슬며시 노독이 풀리고 모서리가 부드러워진다

나타샤와 힌당나귀가 나렸다

—정본 백석 시집을 읽다가

나타샤와 힌당나귀가 걸어오고 있었다

무릎까지 푹푹 빠지는 풋눈밭에 여자와 당나귀라? 하늘에서 송이눈 머금고 고조곤히 나렸다 할 밖에…… 눈바람에도 어깨가 내비치는 긴 드레스를 걸친 나타샤의 목덜미는 눈보다 희고 고왔다 당나귀는 종방울 쩔렁대며 굽을 옮겨 놓는다 온통 하양으로 도배한 설국의 미명계(未明界)

겨울나무 사이 어디에도 백석은 보이지 않았다 나는 문득 이게 꿈인가 싶어 무릎을 꼬집어 보았다 조금도 아프지 않았다 꿈이었다! 나타샤와 힌당나귀가 꿈길로 걸어오고 있었다 흰 돌 같은 남자를 기다리고 싶었지만 정주성이나 여우난골족 이야기도 듣고 싶었지만 나는 혹여 꿈이 깰까 봐 끌탕 가슴을 졸였다 오래된 흑백영화 같은 이 환상이 깨어지기 전에 시집 속에서 꿈꾸었던 풍경을 손에 쥐고 싶었다

나는 서둘러 가위를 찾았다 나타샤와 힌당나귀의 꿈을 오려 내기 시작했다 싹둑싹둑— 가위가 정본 백석 시집의 풍경 속을 파고들자 바람이 잦아들고 나타샤와 힌당나귀도 멈춰섰다 내 손끝에 닿은 인화지의 질감은 풋풋했다 뻥 뚫린 꿈의

화면 너머는 끝도 모를 적막강산이다 내가 한참 동안 그 적요
속에 빠져 있을 때 미명의 어둠을 뚫고 응앙응앙 당나귀 울
음소리가 굴러 왔다

　　한 사내가 남신의주유동박씨봉방을 빠져나오고 있었다

복제늑대

……이제, 나는 누구의 멱도 따지 못한다
얄팍한 도덕으로 덧칠한 코는 야성을 잃었다
영계의 비린내조차 감지하지 못한다
보름달이 산허리에 걸려도 피가 끓지 않는다
거칠고 긴 울음 토해 내던 목울대 동하지 않는다
가죽을 까뒤집어 봐도 군내만 진동한다
무장해제,
생각은 짓무르고 날선 예감이 없다
바위산 동굴에서 너무 멀리 떠나왔나 보다
혈류를 타고 흐르던 신화는 희석되었다
허명을 쌓기에 급급한 도시의 상투성에 갇혀
바람의 집을 버렸다
독기는 사라지고 이빨은 무뎌졌다
비루먹은 슬픔 감추려고 길게 드리운 외투
빠진 발톱이 구두 속에서 달그락거린다
언제부턴가 나는 꼬리를 관리한다
허접하게 남긴 발자국에 마음이 쓰인다
빌딩 사이 유령처럼 어슬렁거리는 내 우울한
뼈, 현금 지급기에 접골되어 복제된다
누가 내 귀싸대기를 후려쳐 다오

등 푸른 번개를 맞고 싶다
우우우― 살(煞)이 낀 눈빛, 뭐가 달라도
다른 피

늑대 같은 놈이 아니라 늑대라 불러 다오

아껴 먹는 골목

식성 좋은 골목
어깨 힘 뺀 듯 텅 비었지만
한번 걸려든 먹잇감 놓치는 법 없다
타래실처럼 얽히고설킨
골과 목, 휘감아 돌려 대다가
초행자 발치에 길 뚝 떼어 들이미는
不在, 그 막막한
심사를 골목이 핥아 먹는다

산1번지 골목은
제 그림자를 조금씩 무너뜨린다
도시계획에서 지워진
길, 명부도 없이 사라질 역사이지만
보약처럼 아껴 바람 들이고
손바닥만 한 쪽창에 꿈을 먹인다
두세 평 월셋방 빼서
우화하듯 날개 달고 싶어 하는 깨진
담벼락에게 어깨를 내준다

몇 해 전 가을 태풍이

한 아가리로 마을을 삼키려 들 때
허리 부러뜨리며 막아 냈던 느티할배
이파리 몇 장 저승길 노잣돈처럼 붙이고
막걸리 술추렴을 받으신다
말라빠진 개 몇 마리 어슬렁거리는 축제
골목은 사람의 온기를 빨아먹고
사람들은 아껴,

골목의 기억을 빨아먹고 있다

거지 같은 날

맑은 영혼의 땅
티베트에도 거지가 있다
사원이나 찻집마다 따라붙는다
티벳 사람들, 주머니가 궁해도
이승의 공덕 쌓게 해 주어 고맙다고
거지를 후하게 대한다

시인살이 하루 작파하고 누워
거지 같은 생각을 한다
지상에서 가장 높은 거지 마을에도
가난한 별빛이 내리겠지
거지 노릇 마친 그들과 둘러앉아
지폐를 세고 있겠지

우습다
벼랑 끝 시를 밀고 있는
이, 거지 같은 사랑

세심동에 들다

洗心洞이라
마음을 닦아 주는 동네?
흘림체 나무 문패 쪼가리 곁을 지나갑니다
입장 요금 한 푼 받지 않습니다
불전함도 없습니다
비누, 옥시크린도 없이
누더기 마음 자락 제대로 세탁이 될까
돌계단 밟아 오를수록 점점 더 궁금해집니다
세심동, 목욕자치구에도 동장이 있을까
다람쥐가 통장, 산새들이 반장일까
제멋대로 생긴 조약돌들이 가난한 주민일까
모난 놈들끼리 뒹굴고 다투면
솔바람 파출소에서 물소리 앞세워 달려와
상처 싸매 주고 어깨 툭 치며
아무 일 없는 듯 싱긋 웃어 줄까
세심동엔 유치장도 없을까
고소 고발도, 앵벌이도, 파락호도 없고
루머도, 악성 댓글도 없을까
허리 굽은 적송이 한참 내려다보다가
툭— 솔방울 한 개 내 머리 위에 던집니다

세탁은커녕, 똥 기저귀만도 못한 생각

그만 접고 내려가라는군요

빨강이 없으면 사과는 어떻게 익나?

쫙—

홍로 사과 한 개 쪼개 본다
검은 눈알이 핵심에 박혀 있다
발화를 꿈꾸는 심지 같다

사과나무는 뿌리에 불을 붙이고 산다
가지, 이파리에 내리사랑 지피고
정념의 하루하루 초록에서 빨강으로
새끼 사과들을 밀고 간다

행려병자로 분류되어 수용소로 끌려가면서도
피붙이를 밝히지 않는 무연고 노인처럼
저 빈털터리 사과나무
병든 이파리 시름시름 내려놓는다

초록 빨강 다 써 버린 물감 상자
두개골 같은 달이 내려와 혼자 구르나 간다

맹지(盲地)

먹통이다, 사방이 꽉 막힌

차량은커녕 경운기 한 대 닿는 길 없이 눈 꼭 감고 돌아앉
은 땅

가시덩굴 헤쳐 찾은 산기슭엔 푸새들만 득시글거린다

햇살비빔밥 푸짐하게 먹고 자란 잡목과 고라니 오소리 다
람쥐가 저들끼리 근친 사랑으로 씨 뿌리는 바람의 군락이다

잉크 방울보다 짙푸른 풀벌레 울음 자락 들추어 보면 얄포
름한 새알 몇 개 품고 있는 적소(寂所),

가끔 낮달이 내려와 입술을 닦고 가는 옹달샘 곁에 우거(寓居)
나 한 칸 올려 서재로 쓰렸더니

사이비 점쟁이 같은 시인 물러가라고 물방울 소리가 눈알
을 댕그랗게 치켜뜨는 거라

구두

―신현정의 「모자」 풍으로

나는 분명히 짝짝이 구두를 신었는데 사람들은 짝신인 줄
모른다

인사동 거리에 줄줄 흘리고 다니는 내 불출(不出),

아무려나 나는 짝신을 신었다

짝짝이 구두를 끌고 현대시학에 가고 정자그늘 식당에도
간다

구두 굽의 높이가 달라 조금은 비틀거리기도 하는데

어떤 사람에게는 구두코를 짐짓 내밀어도 보는데

아무도 눈치 채지 못한다

짝짝이, 그래 짝짝이를 즐기자, 짝신을 즐기자

해 질 무렵 집골목 들어서다 그림자에게 슬며시 묻는다

>

오늘 인사동 그 거리에 내가 있기는 있었나

시인들과 만나서 악수도 나누고 소주도 마셨나

혹, 아무도 눈 한번 주지 않는 짝짜게나무가 돼 가는 것
은 아닐까

내일부터는 절대로 짝신을 신지 않으련다

짝짝이를 즐기지 않을 것이다

구두별자리

창동 지하보도 벽면 위에 찍힌 구두별자리가 나를 내려다본다

긴 보수공사 말미에 임시 개통 중 낙서 금지 안내도 무시하고 누군가 구름빵을 물고 날아올랐나 보다

어깨높이보다 몇 뼘 위에 낙인처럼 눌러놓은 구두별자리

인적 끊긴 야음을 타서 사내는 구두에 날개를 달았겠지 주먹 감자 뻗듯 허공 향해 구둣발을 날렸을 거야

비상과 추락의 찰나, 그 간극에 초신성(超新星)의 별자리를 찍어 놓고 모른 척 착지했을 것이다

온몸이 소진하도록 불을 뿜는 별의 생애처럼 스쳐 간 족적, 무표정한 별자리가 허무의 무게로 내려앉는다

사내의 걸음걸음 별똥처럼 총총 떨어져 밟혔을 낙과, 낙뢰, 낙마, 낙방, 낙상, 낙수, 낙오, 낙전……

>

지하보도 지나는 사람마다 구두별자리의 묵계(黙契)를 읽
는다

제 발자국을 복사하여 한 호흡에 날아오를 날개를 달아 보
기도 하는 것이다

초록물고기의 비행법

　　─우리 그만 찢어져

　나는 말문이 막혀 고개만 끄떡였다 그녀가 우리 사이에 키
우던 초록별을 안드로메다 어항에서 꺼냈다 날 선 칼 들어 올
린 여자는 작심한 듯 별 모양 물고기를 향해 내리쳤다 뚝뚝
떨어져 나가는 일곱 토막, 제 몸뚱이를 바라보는 눈알이 물
먹은 별처럼 글썽거렸다 초록물고기의 꼬리가 축 처지자 그
동안 깨질까 봐 마음 졸였던 어항도 제풀에 스르르 녹아내렸
다 그녀는 알집이 잡힌 토막 한 개를 가방에 집어넣고 나에게
는 아랫배 부위를 내밀었다

　　─이 초록별 한 토막씩 끓여 먹고 잊기로 해

　구두 징 소리 또박또박 박아 넣으며 그녀가 멀어져 갔다 택
시를 잡아타는 여자의 허리춤에 내가 미처 보지 못했던 낯선
어항 한 개가 반짝 빛났다 혹여 저 유리가 깨져 상처가 되지
않기를 빌며 그녀가 버리고 간 비닐봉지를 주워 들었다 검은
봉지 속에 담겨진 초록빛 주검들 나는 토막 난 별을 꺼내 가
만히 이어 보았다 알집 부위만 빠졌을 뿐 물고기 모양이 어
설프게 되살아났다

　　─우리가 보는 별은 현재의 별이 아니라지

안드로메다 운하의 저 별빛은 240만 년 전 모습을 보는 것
이라네 나는 불멸이라는 단어를 어금니에 지그시 깨물었다
석고처럼 굳은 내 입술이 초록물고기 머리에 키스하자 아, 꼬
리가 꿈틀거렸다 아가미가 들썩 눈알도 또랑또랑 등 푸른 별
이 몸을 비틀기 시작했다 나는 이 초록별물고기를 물푸레섬
바닷가에 풀어 놓을 작정이다 물푸레나무 그늘 푸른 물빛에
어려 아무도 찾지 못하게 하리라 그리고 가끔 휘파람을 불면
내 곁으로 날아오게 날개도 달아 줄 작정이다

그날 밤, 내 잠은 토막토막 끊겼다
토막 잠 사이사이 초록별 비늘의 그녀가 눈알을 잃고 둥
둥 떠다녔다

울음의 바코드

아기 울음보가 터졌다
저 신생의 울음 자루에서 만발하
꽃, 자궁 빠져나올 때부터
폭죽 터뜨리듯 토해 내는 참 질긴 끈이지
고치실처럼 꿈틀꿈틀 뽑혀 나와 제 몸을 감는 끈
지층에 묻힌 화석처럼 속속 불려 나오는 끈
울음보다 부지런한 끈도 없을 거야
오직, 울음보 하나로
탁한 정신을 헹구어 주는 뜨겁고도 애틋한 끈
질문보다는 답이 앞서는 끈
사상이나 제도에 얽매이지 않고 수레바퀴를 돌리는
가열한 울음 띠는 대대로 종족의 뿌리를 잇는 힘이지
감아 던지면 새벽별 몇 개 뚝딱 따 올 것 같네
낡고 병든 울음 띠가 이승의 그림자를 벗는 날
마지막 숨 놓으면서도 들러리 세워 울음 끈을 돌리지
풍화되지 않는 매운바람 같은 끈
울음은 울음을 낳는다
그 끈 덥석 받아 물고 세상에 정수리를 내밀 때
패기 찬 울음 깃발이 창궐했다지
응아응아—

아, 이 낡고 상투적인 생의 기교
태아의 목울대 친친 휘감고 힘을 키웠을 거야
외줄 울음보로 매달린 어린것을 어르다가
그 질긴 바코드를 짚어 보네
금물을 입히기보다는 잿물에 빨아 널고픈
울음이라는, 오래된 미래 한 토막

복자문사발(福字文沙鉢)

파묘 터 한구석
깨진 밥그릇 나뒹굴고 있다

고봉밥 따숩게 받고 살다가
수를 다 누리지 못한 채 사금파리가 된
복(福)자

저승길도 따라나선 사발이다

흙으로 가기 전에
신주처럼 모시던 뼛조각마저 놓치고
번쩍, 날이 섰다

멧새 한 마리 다가와
조문하듯 머리 몇 번 조아리더니
깨진 福에 담긴 빗물을 쪼아 먹는다

고, 작은 눈 깜박깜박
고, 작은 부리 콕콕 쉴 새 없다

\>

극명하다

낙타와 화사와 고래의 시

이형권

1. 키 큰 남자

이영식 시인을 생각하면 떠오르는 시구가 있다. "아름다운 벌레처럼 꿈틀거리는/ 그의 눈썹에/ 한 개의 잎으로 매달려/ 푸른 하늘을 조금씩 갉아먹고 싶다"(문정희, 「키 큰 남자를 보면」). 나는 그의 키가 얼마인지는 정확히 모르지만 그 또래의 시인들 가운데 아주 큰 편에 속하지 않을까 싶다. 그런데 요즘처럼 육체적 조건을 중시하는 시절에 그는 자신의 큰 키를 곧추세워 자랑하는 법이 없다. 그는 육신의 키만 큰 것이 아니라 마음의 키도 크다고 할 수 있다. 어느 사람을 만나든 그는 항상 낮은 자세로 자신의 시와 인생에 대해 진솔하게 털어놓는다. 그는 자신의 삶을 밑바닥 인생들과 나란히 배열하는가 하면, 자신의 시에 대해서도 아무 쓸모가 없는 것이라고 겸손하게 고백하기도 한다. 이처럼 마음의 키가 큰 남자의 낮은 자세는 역설적으로 높은 정신세계를 간직하고 있음을 말해 준다. 이 "키 큰 남자"의 "눈썹"은 항상 시의 높은 이상인 "푸른 하늘"을 향해 열려 있기 때문이다.

　이영식 시인이 자신을 낮추는 자세는 그동안의 시에도 빈도 높게 드러난다. 첫 번째 시집에서 그는 "서로 부대껴 소음이 되는 틈새에/ 난청으로 박혀 있는 중고품/ 문득, 나를 낚는다"(「청계천에서 낙타를 낚다」, 『공갈빵이 먹고 싶다』)고 한다. 자신을 시장판의 "중고품"처럼 낡고 보잘것없는 것으로 묘사한 것이다. 두 번째 시집에서도 그는 "우리가 상한 날개 껴입고 헛춤을 추는 것은 아직도 추락할 꿈이 남아 있"(「백치시인 1」, 『희망온도』)기 때문이라고 한다. 그는 "더 낮은 곳"을 향해 "추락할 꿈"이 있기에 "헛춤"과 같은 시를 쓰며 산다는 것이다. 그런데 그가 "추락"을 지향한다고 하여 소심한 비관주의나 자학적 패배주의에 빠져든 것은 아니다. 그의 "추락"에 대한 욕망은 역설적으로 더 나은 세계를 향해 상승하고자 하는 열망과 다르지 않다. 이상이 상승하려면 현실이 "추락"해야 하고 진실이 상승하려면 거짓이 "추락"해야 하듯이, 이영식 시인은 높은 시의 영혼에 도달하기 위해서 더욱 처절한 "추락"을 꿈꾸어 온 것이다.

　그는 비루한 현실 너머의 이상 세계를 꿈꾸는 낭만주의자이다. 그의 시에서 현실은 외면적으로는 세상의 어둡고 궁벽한 곳이며, 내면적으로는 자아의 가장 깊고 내밀한 그늘이다. 그곳은 시인이 세상의 중심에서 소외된 타자들을 따듯하게 감싸 안으면서 사회적, 시적 이상을 꿈꾸는 장소이다. 그의 이상은 진솔한 인간미가 넘치면서 미적 감동이 살아 숨 쉬는 아름답고 서정적인 세상이다. 그의 이상주의는 현실이 생략된 막연한 동경이 아니라 현실의 바닥을 노둣돌로 삼는 도약의 정신과 관계 깊다. 다시 말해 그의 이상주의는 "쓸개꽃이 폐허처럼 피"어 있는 현실을 낮은 포복의 자세로 주유하면서 "희망이라는 이름으로 둥실 떠오를" 이상의 "태양"을 "기다리"는 자세를 취한다(「쓸개꽃이 피었습니다」). 물론 현실의 "폐허"와 이상의 "태양" 사이의 거리는 낙타의 발바닥과 속눈썹 사이의 거리만큼이나 멀다. 하지만 그 사이에 이영식의 시가 있다.

2. 시, 낙타처럼 역설적인

이 시집에는 상당히 많은 시들이 시적 자의식의 문제를 테마로 삼고 있다. 그만큼 이영식 시인은 시의 정체성에 관한 근본적인 고민을 많이 한다고 볼 수 있는데, 눈에 띄는 것은 시적 자의식이 드러나는 시편들에는 사막의 성자인 낙타가 자주 등장한다는 점이다. 그의 시에서 낙타의 상징적 의미는 그 생리적인 특성에서부터 발원한다. 주지하듯 죽음의 땅 사막에서 생명의 물 오아시스를 찾아내는 낙타의 탁월한 능력은 타의 추종을 불허한다. 특히 사막의 살인적인 열기를 이겨 내는 능력과 거친 모래바람 속에서도 멀리까지 바라보는 시력은 거친 환경 속에서도 생명을 오롯이 지켜 내려는 치열한 실존적 의지를 상징한다. 낙타는 사막처럼 삭막한 세상에 휩쓸려 살아가는 현대인을 오아시스같이 맑은 영혼의

세계로 안내하는 마음의 나침반이다. 이영식 시인이 낙타를
노래하는 것은 그 역설적 의미가 시의 속성과 온전히 일치하
기 때문이다.

　　낙타의 몸속에는 지도가 숨어 있다
　　어미젖 떼고 마신 첫 물 냄새로 시작하여
　　사막 곳곳 샘터의 기억을 새겨 넣는다

　　(중략)

　　낙타는 알라에게 목을 꺾지 않는다
　　무릎 높고 보폭 좁은 걸음 도도하기 짝이 없다
　　인간이 세워 놓은 아흔아홉 신궁(神宮) 너머
　　카멜의 누각, 그 높은
　　정신을 향해 긴 눈썹이 열린다
　　깃털 같은 마지막 짐 하나에 거꾸러지면서도
　　그들의 별자리에 신성(神聖)을 모셔 놓았다

　　낙타사파리를 떠나자
　　일상의 갈고리에 걸려 비루먹던 나날들
　　뚝, 떼어 던지고 사막으로 가자
　　낙타가 길 없는 길을 어떻게 제 몸피 속에 그려 넣는지
　　그리움 깊으면 십 리 밖 물 냄새도 맡을 수 있는지
　　오래전 우리 꿈에서 빠져나간 몽고반점 같은

물의 지도를 따라가 보자

한입 베어 물고 싶은 날고기 같은 하늘 아래
사막의 시간은 산 채로 씹힐 것이다
날것, 그대로의 나를 만날 것이다

—「낙타사파리」 부분

시의 배경인 "풀 한 포기 없는 타클라마칸 황사 계곡"은 죽음의 공간이다. 가도 가도 물 한 모금 없는 사막에서 생존을 이어 간다는 것은 불가능에 가까운 일이다. 그러나 "낙타"는 이 불가능을 가능하게 하는 사막의 선지자이다. "낙타"는 "몸속에" "물"의 "지도"를 간직하고 있기 때문에 "사막 곳곳 샘터"를 찾아가는 비범한 능력을 지녔다. 등허리에 우뚝 솟은 혹(峙峰)은 산꼭대기의 둥근 레이더처럼 생명의 "물"이 있는 곳을 안내해 주는 지도의 구실을 한다. "낙타"는 최악의 상황에서도 살아남는 능력을 간직한 위대한 생명을 상징한다.

"낙타"는 "사막"에서 살아가는 생물 가운데 키가 가장 큰데, 그것은 극한적인 상황에 결코 굴복하지 않는 정신적인 차원의 높이를 표상한다. "낙타는 알라에게 목을 꺾지 않는다"고 할 정도로 내적 의지와 기개가 높다. 다시 말해 "낙타"는 "인간이 세워 놓은 아흔아홉 신궁(神宮) 너머/ 카멜의 누각, 그 높은/ 정신을 향해 긴 눈썹이 열"리는 존재이다. 그 "긴 눈썹"은 세상의 가장 높은 곳에 존재하는 "신성(神聖)"한 정신의 상징이다. 시인이 "낙타사파리를 떠나자"고 하는 것은 그 높은 세계를 향하고자 하는 의지의 표현이다. 야성이 살아 있는 "낙타"를 찾아가는 일은 "일상의 갈고리에 걸려 비루먹던 나날들"에서 일탈하는 일이다. 그리하여 "사막의 시간"과 정면으로 대결하여 "날것, 그대로의 나"를 대면하는 일, 그것은 "나"의 순수한 영혼을 높은 "별자리"에 올려놓는 일과 다르지 않다. "낙타"가 삭막한 사막을 딛는 발바닥으로 그 눈썹처럼 높은 신성에 이르렀듯이, 시인도 속악한 "일상"의 바닥을 딛고 일어서서 높은 시혼에 이르고자 하는 것이다.

그러나 높은 시혼에 이르는 길은 멀고 험하다. 인간이 추구하는 이상이라는 것은 그 자체가 이상일 뿐, 현실에서 그것을 완전하게 실현한다는 것은 불가능하기 때문이다. 이상은 영원한 기의의 세계이고 시는 그것을 향한 영원한 기표일 따름이다. 그 기표를 추구하는 일은 영원히 반복될 수밖에 없지만, 그 끊임없는 반복의 과정이 바로 시의 역사라고 말할 수 있다. 시를 쓴다는 것은 결국 아포리아의 강을 건너려는 영원한 시도이다.

「별이 하늘에 떠 있다」
는 말에 나는 동의하지 않는다
사막을 넘으면 또, 사막
길 잃은 무명의 가슴에 별빛이 닿아
나사못처럼 빙글 돌아 박힐 때
몇 억 광년 날아와 뜰채에 담기듯
반짝, 꼬리 치는 별을 보라

영혼까지 빨아먹는 사막

별은 하늘에 떠 있는 게 아니라

어둠의 임계점 너머 박힌 나침반이다

촉수 세운 바늘이다

(중략)

나의 詩가 그러하다

은유의 옷 휘감아 두르고

아포리아 사막을 건너려 하지만

길라잡이가 되지 못하는 별

나도 속고 시도 속고

신기루 허상 속으로 떨어지고 마는

걸 발효된 언어의 술지게미여

시를 읽고 취하는 건 늘

모순의 혹을 굳기름처럼 떠메고 사는

낙타, 시인뿐이다

—「아포리아 사막을 건너다」 부분

　"별"은 인간이 추구해 마지않는 이상적인 삶의 세계이지만, "「별이 하늘에 떠 있다」/ 는 말에 나는 동의하지 않는다"고 한다. 이것은 이상으로서의 "별"이 현실과 동떨어져 존재하는 것에 대한 부정적 인식을 의미한다. "별"이 "어둠의 임계점 너머 박힌 나침반"이라는 것도 "나침반"의 속성이 그러하듯이 "별"이 인간의 삶과 밀접한 상관성 속에 존재해야 한다는 의미이다. 이는 완벽한 삶이 불가능하기 때문에 오히려 더 치열하게 그런 삶을 추구할 수밖에 없는 인생의 이율배반적 속성과 일치한다. "별"로 표상 된 인생의 기의는 인간이 부단히 인생의 기표를 살아가게 하는 동기를 부여하는 것이다. 생략된 부분에 제시된, 잔인한 살상 행위와 "신의 뒤통수에 기도를 올"리는 경건한 행위가 동시다발적으로 일어나는 현실은 그러한 기의와 기표의 모순과 관련된다. 기의와 기표의 모순, 신성과 속악의 모순은 인간의 삶이 지닌 영원한 "아포리아"가 아닐 수 없다. 그러나 이 영원한 "아포리아"가 인간을 살아가게 하고 꿈꾸게 한다.

　시의 후반부에서 "나의 詩가 그러하다"고 한다. 시인은 자신의 시 쓰기가 "은유"라는 우회로를 통해 삶의 "아포리아"를 극복하려는 시도라고 고백한 것이다. 문제는 "아포리아"를 극복하는 데 "길라잡이"라고 생각했던 "별"조차도 별반 도움이 되지 못한다는 점이다. "아포리아"는 그 늪에서 벗어나려 하면 할수록 늪 속으로 더욱 깊이 빠져들게 하는 속성을 지녔기에 "나도 속고 시도 속고" 있을 뿐이라고 한다. 그러나 "아포리아"는 소크라테스가 대화의 상대에게 자신의 무지함을 깨닫게 하는 방법이었던 것처럼, 풀 수 없는 난제인 동시에 새로운 진리를 터득하는 하나의 계기에 해당한다. "시를 읽고 취하는 건 늘/ 모순의 혹을" "떠메고 사는/ 낙타, 시인뿐"이라고 할 때의 "시인"은 그러한 깨달음에 다가가는 존재이다. 보들레르가 「알바트로스」에서 그렸던 존재, 지상에서는 추레

한 행색을 지녔을지라도 하늘에서는 왕자와 같은 고귀한 영혼의 소유자, 그가 바로의 "시인"인 것이다. 삶이, 시가 모순 혹은 "아포리아"라는 사실을 깨달았다는 것만으로도 시인은 이미 높은 진리의 세계의 문턱에 도달한 존재이다.

3. 나, 화사처럼 속물적인

이영식 시인이 시와 삶이 "아포리아"라는 사실을 깨닫는 일은 우선 자신을 낮추는 것에서 시작한다. 실제로 그는 보통 사람들이 애지중지 간직하고 사는 과장된 자긍심이라든가 과도한 허영심 같은 것이 전혀 없다. 한 직장인이나 가장으로서 현실적인 삶의 이력을 보건대, 그는 결코 그렇게 낮은 곳에 존재하는 사람이 아니다. 사회인으로서, 생활인으로서 그는 다른 사람들의 존경과 사랑을 받으며 성공적으로 삶을 이끌어 온 사람이다. 시인으로서의 삶도 마찬가지다. 그는 시력 10여 년 만에 타고난 재기와 간단없는 노력으로 나름대로의 시 세계를 견고하게 구축하고 있는 시인이다. 그는 그저 무관심하게 지나치기 쉬운 지극히 일상적인 체험과 생활의 언어 속에서도 아름다운 시적 서정을 발견하는 독특한 능력을 지닌 시인이다. 그럼에도 불구하고 그는 스스로를 "한 물간 물건"(「슬픈 뿌리」)이라고 정의하고, "나는 누구의 부속(附屬)이었다냐"(「돼지부속집」)라고 물으면서 한없이 낮은 곳에 임한다. 낮은 자세로 자신을 성찰한다.

화사 두 마리 엉겨 붙어

똬리 틀다 숨어들어 간 풀밭에서의 식사

　―휴식도/공포도 아니야

곁에 붙어 앉은 여자가 내 입에 넣어 주는 김밥 덩이가

무슨 미끼처럼 느껴지기도 하는데

허벅지까지 드러낸 꽃무늬 망사스타킹

티브이 화면에서 본 꽃뱀 같기도 한 것인데

아, 무심한 척 눈길 돌리고

단무지와 시금치 우걱우걱 씹어 보지만

텐트 치고 일어서는 용두머리

저 뱀의 체위에 갇히고 싶다는 음란의 뿌리가

스멀스멀 말초신경을 감아 오는데

포도주 몇 잔 빌려 쟁쟁거리는 내 언어는

　―해탈도/풍자도 아니야

뱀이 사라진 풀밭, 여자의 깊은 수풀 속

페르몬 향기 따라 모여드는 개미들

내 일탈의 밑그림 속에는

아직도 수천 마리의 벌레가 알을 까고 있어

그들이 슬어 놓은 별과 바람이 새끼를 치고 있어

뱀 장사의 낡은 허리띠처럼 내 안에 똬리 튼

이 속물근성은

옛적 임성기약국 앞을 지날 때 발기하던 벌레의 날갯짓

　―자본도/부채도 아니야

내 청춘의 가난한 습성일 뿐,

―「벌레 먹다」 전문

　　"풀밭에서의 식사"는 시인 자신의 "속물근성"을 의미한다. 이 시구는 시인이 밝혔듯이 인상파 화가 마네의 「풀밭 위의 식사」에서 따온 것이다. 이 그림은 근엄하게 차려입은 두 신사와 적나라한 나체의 여인을 통해 당시 사회에 미만했던 이율배반적인 "속물근성"을 비판한 작품이다. 여기에 등장하는 "화사 두 마리"는 그러한 "속물근성"의 핵심에 해당하는 인간의 동물적 욕정을 암시한다. 그런데 시인은 이러한 그림의 상황을 자신의 처지와 동일시하고 있다. 시인은 소풍에 동행을 해 준 "곁에 붙어 앉은 여자"를 순수한 마음으로 대할 수가 없음을 고백한다. 혹시 이 여자가 "꽃뱀"은 아닐까 하는 생각과 함께 "허벅지까지 드러낸 꽃무늬 망사스타킹"에만 눈길을 주고 있다. "여자가" "입에 넣어 주는 김밥 덩이"에도 입맛을 느끼지 못하면서 "음란의 뿌리"만 살아서 "용두머리"가 발기되는 욕정을 느낀다. 그래서 "풀밭에서의 식사"가 "휴식도/공포도 아니"라는 것이다. 어느 여자와의 소풍이 순수한 의미의 "휴식"이라거나 "꽃뱀"과 관련된 "공포"를 느끼는 자리가 아니라, 육체적 욕정에만 사로잡혀 살아가는 자신의 "속물근성"만 확인하는 자리가 된 셈이다.

　　시인이 자신의 "언어"를 "해탈도/풍자도 아니"라고 하는 것도 "속물근성"으로 가득한 자신의 정신세계를 고백한 것이다. "해탈"과 "풍자"는 모두 속악한 현실에서 일탈하여 올곧은 세계로 나아가려는 의지와 관련된 것이므로, 그것들을 부

정하는 것 역시 육체적 욕망에 사로잡혀 사는 자신의 "속물
근성"을 드러낸 셈이다. 또한 시인은 그러한 "속물근성"의 연
원이 오래된 것임을 고백한다. 젊은 시절, 시도 때도 없이(이
말은 '진정한 시(詩)도 진실한 삶도 없이'로 이해할 수도 있겠다) "여자의
깊은 수풀 속"을 마음에 두고 살았던 시인은 "옛적 임성기약
국"으로 연상되는 성적 일탈의 기억을 "발기하던 벌레의 날
갯짓"으로 규정하고 있다. 시인은 그것에 대한 어떠한 합리
화나 변명도 하지 않는다. 그저 "청춘의 가난한 습성일 뿐",
자신의 삶을 현실화시키는 "자본도" 도덕적인 일탈과 관련된
마음의 "부채도 아니"라고 한다. 이것은 도저한 정직성의 세
계일 터, 자신의 "속물근성"을 있는 그대로 고백함으로써 시
인은 오히려 "속물근성"에서 멀리 벗어난다. 고해성사로 죄
의 사함을 받고 깨끗한 영혼으로 거듭나듯이.

이제 이영식 시인이 낮은 곳을 향하는 이유가 드러난 셈이
다. 그는 "바닥을 친 자의 뒤통수 같은 술빵"처럼 "나를 통과
한 바람 속에 한 번쯤 갇혀 보고 싶었던"(「바람이 가끔 나를 들여
다보네」) 것이다. 그는 "저를 허물고 바람을 세우는 파도/ 낮고
낮아져 모음만으로 노래가 되는 시"(「바다에서 시인에게」)처럼 자
신을 낮춤으로써 "나"의 극명한 본질을 자각하는 시를 쓰고
싶었던 것이다. 자신을 낮춤으로써 오히려 인격이 높아지는
것처럼, 그의 시 쓰기는 세상과 마음의 낮은 곳에서 높은 정
신의 원형질을 찾아내려는 시도인 셈이다. 시인은 자신의 그
러한 모습을 "잉크병"에 투사하기도 한다.

오래된 잉크병이다 손만 뻗으면 닿을 수 있는 책상 서랍 속
에 이십여 년 웅크려 있지만 그는 이미 내 마음 밖 1,000km
멀리 갈라파고스 섬이다 섬의 입구는 화석처럼 단단히 봉해
진 채 출입을 끊었다 마비된 듯 꼼짝달싹 않는 그에게 남은 것
은 침묵의 자세뿐이다

푸르다 못해 검게 말라붙은 저 유리 벽 안에 내 상상을 뛰
어넘는 코끼리거북 바다이구아나 왕바다도마뱀이 문자를 꿈
꾸며 출렁거렸다는 종의 기원과 붓에서 펜촉으로 만년필까지
수천 년 섭렵했다는 변이의 역사가 믿겨지지 않는다

아날로그 시대의 대표적인 유물, 투박하고 허접해진 그 몰
골을 쓰레기통에 던져 버리려 몇 번 시도한 적이 있다 그럴 때
마다 그에게도 품위 있게 죽을 권리가 있지 않을까 하는 생각
에 다시 서랍 속 면벽의 자세로 되돌려 놓고는 했다

가을도 깊어 소슬한 밤 어둠 속에서 웬 울음소리가 들린다
코끼리거북 바다이구아나 왕바다도마뱀…… 갈라파고스 群
島의 부족 누군가 묵은 울음보를 털어 내는 모양이다 안방 아
랫목 자리보전하시는 팔순 어머니의 잠꼬대처럼 늙은 잉크병
은 문자향 휘날리며 헤엄치던 옛적 푸른 바다를 꿈꾸고 있다
—「갈라파고스」 전문

"오래된 잉크병" 혹은 "코끼리거북 바다이구아나 왕바다도

마뱀"은 시인 자신을 표상한다. 그런데 "잉크병"은 낡은 유물과도 같은 존재로서 "이미 내 마음 밖 1,000km 멀리 갈라파고스 섬"일 뿐이라고 고백한다. 이때 "나"와 "잉크병"의 거리는 첨단 문명을 살아가는 현실적 인간과 "아날로그 시대"의 아우라를 지향하는 시적 인간과의 거리를 의미한다. "갈라파고스 섬"은 시인이 밝힌 대로 "남미 대륙 에콰도르에서 서쪽"에 있는, 독특한 생명 진화의 흔적으로 인해 다윈의 진화론의 근거가 된 곳이다. "잉크병" 혹은 시인 자신이 이 섬과 같다는 것은 시라는 것이 현실 세계와는 동떨어진 세계에 존재한다는 의미이다. 첨단의 기술 문명과 상업자본주의가 지배하는 오늘의 세계에서 시(인)는 변두리 중의 변두리에 존재하는 "갈라파고스 섬"과 다르지 않다는 것이다. 그러니 이 시대의 시인은 저의 존재를 아무리 외쳐도 들어주질 않아 "남은 것은 침묵의 자세"일 수밖에 없다.

그러나 "침묵"이 시(인)의 의미를 부정하는 것은 아니다. "잉크병"에는 "저 유리 벽 안에 내 상상을 뛰어넘는" 생명의 세계와 "붓에서 펜촉으로 만년필까지 수천 년" 인간의 역사가 함의되었기 때문이다. 시인이 "잉크병"을 몇 번이고 "쓰레기통에 던져 버리려"다가 포기하고 마는 것은 그런 이유 때문이다. 그래서 시인은 쓸쓸한 가을밤에 자신의 마음과 상상을 사로잡는 "잉크병"의 "울음소리"를 듣는다. 그 "울음소리"는 비록 "팔순 어머니의 잠꼬대"와 같을지라도 여전히 "문자향 휘날리며 헤엄치던 옛적 푸른 바다를 꿈꾸고 있"는 것이다. 이 시구는 송찬호의 "부글거리는 이 잉크의 늪에 한 마리 푸른 악어가 산다"(「만년필」)는 표현을 더 확장하고 구체화시킨다. 하여 시인은 "잉크병" 혹은 자신의 현존재가 무용한 것만은 아니라는 사실을 거대한 시공간의 상상으로 증명한다. 시(인)는 "갈라파고스 섬"의 독특한 생태처럼 오늘의 속악한 현실과 멀리 떨어진 특이성의 세계를 꿈꾸는 존재인 것이다. 이 꿈으로 인해 낡은 "유물"에 불과했던 "잉크병"은 시와 삶의 '오래된 미래'를 꿈꾸는 유의미한 존재로 전환된다. 시는 문학의 종류 가운데 가장 오래되고 낡은 것임에도 불구하고, 여전히 사람들에게 높은 영혼의 꿈을 꾸게 하는 최고(最古/最高)의 양식으로 살아남는 것이다.

4. 삶, 고래처럼 낭만적인

인간의 인간다운 삶은 일상적이고 도구적인 생활 너머의 이상 세계를 꿈꾸는 데서 시작된다. 그 꿈은 각박한 현실에서 일탈하고자 하는 과감하고 열정적인 의지가 뒷받침되지 않으면 불가능하다. 이영식의 시에서 현실 일탈의 욕망을 구체화시켜 주는 것은 혁명의 정신과 사랑의 마음이다. 혁명은 다양한 차원에서 이루어지는 전면적이고 급격한 변화를 의미한다. 혁명에는 정치적인 혁명이 있을 수 있고 개인적인 혁명이 있을 수 있고, 생활의 혁명이 있을 수 있고 미학의 혁명도 있을 수 있다. 이영식 시인의 혁명 정신은 개인적이고 미학적인 차원을 지향한다.

고래들이 떼 지어 바닷가 백사장에 널브러졌다 수십 마리
난쟁이밍크고래가 머리를 육지로 향한 채 착하게 숨을 놓았다

고래야 그 옛날 땅 위에 마지막 발자국 남기고 바다로 간
최초의 고래야 너는 어느 궁벽한 곳 난쟁이로 살다가 바다로
뛰어들었니

나는 너의 일탈과 무모함을 사랑한다 가당찮은 혁명을 사
랑한다

땅을 벗어던지는 순간 몸속에 출렁거렸던 것은 공포가 아
니라 상상 한 상자, 난바다 떠돌다가 그 간절함이 신성(神聖)
에 닿아 지느러미를 얻었다지

(중략)

구백 킬로 밖 음파의 진동까지도 느낀다는 고래야 소리로
보는 너의 시안(詩眼)을 사랑한다 새끼에게 젖을 짜 먹이는 포
유를 사랑한다

난쟁이고래, 너는 백설공주와 일곱 장난꾼들의 집이 궁
금해 주검까지 육지로 밀고 와 건들바람에 풍장을 치르는 게
로구나

—「최초의 고래에게 부치다」 부분

　이 시의 모티브는 "수십 마리 난쟁이밍크고래"가 "바닷가 백사장에" 몰려와 집단적으로 죽음을 맞이한 사건이다. 이 사건을 두고 시인은 독특한 상상을 한다. "난쟁이밍크고래"는 원래 육지에 사는 "난쟁이"였으나 현실을 일탈하여 새로운 세계로 나아가려는 열망으로 "바다로" 갔다. 육지의 "난쟁이"가 바다의 "난쟁이밍크고래"가 된 것은 "최초의 고래" 즉 새로운 세계를 열기 위해 "일탈과 무모함"을 동반하는 "가당찮은 혁명"을 실천했기 때문이다. 이 "고래"는 새로운 세계인 바다로 뛰어들면서도 "공포가 아니라 상상"을 했고, "지느러미를 얻"은 것도 현실의 세계를 넘어서는 "상상"의 세계를 열망했기 때문이다. 이 "신성(神聖)"의 "지느러미"는 바다라는 새로운 세계를 마음껏 주유하는 자유정신을 표상한다. 하여 "고래"는 진정한 혁명가인 것이다.

　그런데 "고래"는 먼 곳까지 "소리로 보는" 공감각적 능력을 갖추고 항상 "최초"의 상상을 추구한다는 점에서 시인과 유사하다. "고래"의 "시안(詩眼)"과 "포유"는 모두 "가당찮은 혁명"의 정신과 연계되는 것일 터, "시안"은 현실 너머의 세계를 보는 능력과 관계되고 "포유"는 바다 생물의 속성에 반하는 육지 동물의 생리이기 때문이다. 이 점은 "고래"는 지상에서 육지를 꿈꾸는 혁명을 시도했듯이, 바다에서는 자신의 지상 시절과 관련된 "백설공주와 일곱 장난꾼들"을 잊지 못하는 데서도 드러난다. 이 "최초의 고래"는 그러므로 일탈의 정신 혹은 혁명의 정신으로 살아가는 시인을 표상한다고 할 수 있다. 결국 "고래"는 자기 혁명을 통해 새로운 세계를 개척해

나가는 시인의 초상이다. 이 혁명의 정신은 "그의 작품엔 제목이 없다"(「제목 없는 시」)고 할 때의, 일체의 규율("제목")에서 자유로운 순수한 예술혼과도 관계 깊다.

혁명의 정신은 낭만적인 사랑의 열정과 상통한다. 진정한 사랑은 일상적 현실이 강요하는 기계적이고 도구적인 삶을 일탈함으로써 실천할 수 있기 때문이다. 또한 인간의 세상에는 완전한 사랑이 존재하지 않으므로, 사랑을 한다는 것은 완전한 사랑을 향한 부단한 추구의 과정일 뿐이기 때문이다. 이 사랑의 정신, 낭만의 정신은 비현실적이거나 탈현실적인 상상을 디딤돌로 삼는다는 점에서 혁명의 정신과 상통한다.

서랍 속 깊이 묻혀 혼자 낡아 가는 첫사랑 편지 같은 여자
세상과는 담 쌓고 남정네와도 담 쌓고
그래, 섬처럼 홀로 닫고 살아왔으니 꼭 품어 안으면 물푸
레 수액처럼 축축한 슬픔이 단숨에 내 가슴으로 번져 오겠지
새들의 지도에나 올라 있을 듯한 섬, 물푸레
그 먼 고도(孤島)에 가서 물푸레나무 달인 물로 시나 쓰며
며칠 뒹굴다가 물푸레 그늘 같은 여자에게 코가 꿰었으면 좋
겠네
물푸레 코뚜레에 동그랗게 갇혀 오도 가도 못했으면 좋겠어
이 배 저 배 갈아타며 나돌아 다니지 않고
그 여자가 끄는 대로 이러구러 끌려다니다 나도 물푸레나
무로나 늙었으면 좋겠네
제 발치의 성긴 그늘이나 깁는 바보 나무가 되었으면 좋

겠어야

　　지금, 나는 물푸레섬으로 간다

　　　　　　　　―「나는 지금 물푸레섬으로 간다」 부분

　　"물푸레섬"은 낭만적인 사랑의 공간으로서 "새들의 지도에
나 올라 있을 듯한 섬"이다. 그곳에서 시인이 만나고 싶은 사
랑은 "첫사랑 편지 같은 여자"이다. 그녀는 "세상과는 담 쌓
고 남정네와도 담 쌓고" 살아온 여자, 그래서 "꼭 품어 안으
면 물푸레 수액처럼 축축한 슬픔"을 간직한 여자이다. 시인
은 그 여자의 "슬픔"을 진실한 사랑으로 보듬으면서 살아 보
고 싶다고 한다. 시인의 사랑은 그녀에게 "코가 꿰었으면 좋
겠"다든가 "그 여자가 끄는 대로" 살겠다는 것으로 보아 단순
한 동정심보다는 "슬픔"의 공감을 바탕으로 하고 있다. 그녀
와의 공감은 아마도 시인이 "켜켜이 삼킨 울음 안에 나를 들
어앉힌 저 풍장의 깊은 내공"(「징」)을 쌓아 왔기에 가능한 일
이다. 아무튼 "물푸레 그늘 같은 여자"와 인생의 "그늘"을 공
유하고 살겠다는 것은 그만큼 깊고 진실한 사랑을 추구하겠
다는 것을 의미한다. 그래서 시인은 현실의 모든 것들을 멀
리하고 "제 발치의 성긴 그늘이나 깁는 바보 나무"가 되기 위
해 "물푸레섬으로 간다"고 상상할 수 있었던 것이다. 이 낭만
적인, 너무도 낭만적인 이 사랑을 우리는 마음의 혁명이라고
부를 수도 있겠다.

5. 에피파니와 야만

　이영식 시인은 낙타를 닮았다. 그의 시와 삶은 낙타의 훌쩍한 키나 생리적 특성과 근사하게 부합한다. 그는 사막처럼 삭막하고 비루한 현실 속에서도 낙타처럼 따뜻하고 고졸한 생명의 시를 쓴다. '사막의 생명' 혹은 '낮춤의 높임'이라는 역설, 이것처럼 그의 시가 지닌 속성을 적실하게 드러내 주는 표현은 없다. 사막이라는 열악한 환경으로 인해 낙타의 생명력이 더 돋보이듯이, 이영식의 시는 일상적 현실의 비루한 존재들과 함께 낮은 포복을 하면서 높은 영혼을 지향하기 때문에 더욱 시적이다. 자신의 속물근성을 뱀의 모습으로 형상화하는 순간, 그는 진솔한 성찰의 주체가 되어 속물근성에서 멀리 벗어난다. 또한 일상적 현실에서 일탈하려는 자신을 고래에 투사하는 순간, 그는 순수한 사랑과 혁명을 꿈꾸는 열렬한 낭만주의자가 된다. 그의 낭만주의는 막연한 동경이나 초월이 아니라 현실과 이상을 아우르는 역설의 정신과 관계가 깊다는 점에서 주목에 값한다.

　이 시집에 시적 자의식을 드러내는 시가 상당히 많은 편인데, 그것들이 비교적 다른 작품에 비해서 완성도가 높은 편이라는 사실은 주목을 요한다. 자의식은 자기 정체성에 대한 깊은 사유를 동반하는 것일 터, 시를 운명으로 살아가는 시인의 철저한 자기 탐구는 그 자체로 치열한 시정신의 소유자임을 증명하는 것이기 때문이다. 아래의 시를 보면 그는 시를 삶의 일부가 아니라 삶 전체로 밀고 나가려는 의지를 다

잡고 있다.

　지상의 가장 낮고 궁벽한 곳에서 고물고물 발원한 문장이
오체투지로 이어진다

　서로 뒤엉겨 밀고 밀리며 똥구딩이 벽을 기어오르다가 빙
글 옆으로 구르는 놈은 오자 같고 뚝 떨어지는 놈은 탈자 같다

　모든 부패의 고리에 탯줄을 댄 페이소스, 고래로 구더기의
문법이고 지극함이다

　식탁 위에 앉은 파리대왕, 음— 구더기들의 우상이시다

　밥 한 알갱이 빌어먹겠다고 덤벼드는 목숨에게 신문지 접
어 일격을 가하는 나는 파리를 잡는 것인가 시를 잡는 것인가

　딱! 적중이다

　좀 더 야만스럽게 쓰지 못한 구더기들의 생애가 방점 하나
로 요약된다
　　　　　　　　　　　　—「어느 궁벽한 날의 사냥」 부분

이 시에서 "사냥"은 일차적 의미는 "파리를 잡는 것"이지
만, 그 비유적 의미는 "시를 잡는 것"이다. 두 행위의 유사성

은 "지상의 가장 낮고 궁벽한 곳"에서 출발하여 지상의 가장 높은 곳으로 우화등선한다는 것이다. "파리"가 "똥구덩이"의 "구더기들"에서 탄생했듯이 시도 인생의 "궁벽한 날"에 완성된다는 것이다. 따라서 시인이 "파리를 잡는" 순간은 시의 에피파니(epiphany)를 경험하면서 한 편의 시를 완성하는 시간이다. 이 시에서 주목할 것은 이 현현(顯現)의 순간에도 시인은 "좀 더 야만스럽게 쓰지 못한 구더기들의 생애"를 생각하고 있다는 점이다. 이는 자신의 시에 대한 성찰적 자의식과 무관하지 않을 터, 그의 시가 앞으로도 "더 야만스럽게" 나아갈 것임을 예상케 하는 대목이다. 그의 "야만"은 작위적 상상이나 기교주의를 거부하면서 삶의 진정성을 생동하는 언어로 살아 내려는 한 시인의 실존 의지이다. 네온사인 같고 인공 조미료 같은 이 시대의 시가 그의 "오체투지"로 인해 야성의 생명력을 얼마나 더 회복할 수 있을지, 기다려 볼 일이다.